MAXIME COLLIGNON

NOTES D'UN VOYAGE EN ASIE-MINEURE

PARIS
FIRMIN-DIDOT ET CIE, ÉDITEURS
IMPRIMEURS DE L'INSTITUT
56, RUE JACOB, 56

NOTES
D'UN VOYAGE
EN
ASIE-MINEURE

TYPOGRAPHIE FIRMIN-DIDOT ET Cie. — MESNIL (EURE).

MAXIME COLLIGNON

NOTES D'UN VOYAGE EN ASIE-MINEURE

PARIS
FIRMIN-DIDOT ET Cie, ÉDITEURS
IMPRIMEURS DE L'INSTITUT
56, RUE JACOB, 56

AVANT-PROPOS

Je réunis ici des notes de voyage publiées en 1880 dans la Revue des Deux-Mondes. *Cette brochure n'est pas destinée à la publicité. Si j'ai eu l'idée de recueillir ces pages depuis longtemps oubliées, d'y joindre quelques croquis empruntés à mes albums de voyage, c'est que le cinquantenaire de l'École française d'Athènes est pour tous les anciens « Athéniens » l'occasion naturelle de revenir à leurs souvenirs d'École. Je me suis rappelé que ce voyage en Asie Mineure, entrepris avec M. l'abbé Duchesne, avait eu au moins pour résultat de renouer la tradition interrompue des explorations en Anatolie. Plusieurs de nos jeunes camarades ont à leur tour parcouru les mêmes régions, qui sont devenues pour eux un champ d'études fructueuses. Peut-être retrouveront-ils ici des impressions qu'ils ont eux-mêmes éprouvées, et reconnaîtront-ils cette communauté de souvenirs qui crée des liens étroits entre les différentes générations de l'École.*

Orsay, septembre 1897.

NOTES

D'UN

VOYAGE EN ASIE-MINEURE

I

DE MERMEREDJÉ A ADALIA.

L'attention du public français, au cours des derniers événemens d'Orient, s'est surtout portée sur les provinces européennes de l'empire ottoman, et les intérêts qui y sont en jeu ont encore le privilège d'occuper les esprits. La Turquie d'Asie est beaucoup moins connue ; d'un accès difficile et rarement visitée, elle offre au voyageur nombre de régions inexplorées ; il n'y en a pas de meilleure preuve que l'insuffisance de la carte de Kiepert pour certains points ; là, tout est encore à connaître. Nulle part, dans l'empire ottoman, l'esprit de la vieille Turquie ne s'est conservé plus intact, avec ses défauts et ses qualités, son ignorance absolue des idées et des besoins modernes, son orgueil de race, son aveuglement systématique sur la politique extérieure, mais aussi son honnêteté native et sa bonne foi. Dans ce pays peu fréquenté, les Turcs sont chez eux ; le caractère ottoman, altéré et faussé à Constantinople par un perpétuel contact avec l'étranger, s'y retrouve dans toute son intégrité. Il y a donc peut-être quelque intérêt à retracer la physionomie de ce pays et de ses habitants, telle qu'on a pu la connaître en passant plusieurs mois au milieu des Turcs anatoliens, en logeant sous leur toit, en observant leur vie. Il était naturel en outre d'étudier avec soin la situation des Grecs d'Anatolie, au moment où le pays ressentait les premières émotions de la crise qui vient d'ébranler l'Orient. L'Hellénisme en Asie-Mineure n'a rien perdu de sa vitalité; il se produit au milieu des communautés grecques des efforts sérieux, le plus souvent ignorés de l'Occident, pour reconstituer des groupes importants que le réveil des traditions nationales rendra chaque jour plus forts. Un voyage en Asie-Mineure nous a permis de recueillir sur tous ces points des observations de détail; on les trouvera dans les pages suivantes, écrites au jour le jour, au hasard des étapes, et sans autre souci que de reproduire fidèlement la vérité des faits (1).

I

Mermeredjé, 10 mai 1876.

Entre Rhodes et le petit port de Mermeredjé, sur la côte d'Asie-Mineure, il n'y a pas d'autre moyen de

(1) Ce voyage a été fait pendant l'été de 1876, de concert avec M. L. Duchesne, ancien membre de l'École française de Rome. La physionomie du drogman qui nous accompagnait, Nicolas Hadji-Thomas, de Salonique, a été spirituellement retracée par M. Choisy, qui avait pu apprécier toutes ses qualités dans un voyage antérieur. (*L'Asie-Mineure et les Turcs en* 1875, par Auguste Choisy, ingénieur des ponts et chaussées. Paris, 1876; Didot).

communication que les caïques. Avec un bon vent, le trajet se fait en quelques heures; mais il faut compter avec le calme. Partis le matin de Rhodes, nous voyons encore à la nuit tombante se dresser au loin les puissants massifs de montagnes qui bordent la côte de Carie et les caps qui dérobent la vue de la petite baie de Marmara. Au jour naissant, le caïque aborde enfin, et les premières blancheurs de l'aube nous montrent le minaret de la mosquée, les maisons délabrées et les croupes verdoyantes des montagnes qui dominent la baie. Le village s'éveille au petit jour. Les femmes vont puiser de l'eau, et se cachent vivement le visage à la vue des étrangers; les hommes, vêtus de longues robes de cotonnade rayée, font leurs ablutions et se rendent lentement au petit café de la marine, où ils vont s'accroupir sous un auvent de feuillage. C'est bien la vie turque qui commence. A Rhodes, l'Européen n'est qu'à demi dépaysé : les Grecs y sont nombreux; le mouvement du port, les petites rues étroites et propres du quartier grec rappellent encore les villes maritimes du royaume hellénique. L'étranger y est accueilli, questionné curieusement, et se fait vingt amis au bout d'une heure. A peine a-t-on touché la côte d'Asie que l'indifférence silencieuse des habitants, un air d'abandon et de négligence, apprennent bien vite au voyageur combien la transition est brusque entre l'Orient grec et l'Anatolie.

Mermeredjé (ou Marmara) est bâti au fond d'une baie presque entièrement fermée par une presqu'île boisée et par l'île des Serpents (Ylandji-Adassi), l'ancienne Rhopussa. Les rues en escaliers grimpent le long de la colline où la petite ville est assise et se groupent autour d'une construction massive, irrégulière, dont la porte est surmontée d'une inscription turque; c'est un caravansérail élevé par le sultan Sélim Ier. Il faut chercher à trois quarts d'heure de Marmara, dans la direction de l'ouest, les traces de la ville antique de Physkos, dont l'emplacement est nettement marqué par les ruines d'un château byzantin. La ville turque n'offre que des débris antiques insignifiants, encastrés dans les murs des maisons. Le centre de l'activité à Marmara est la *marine*, où se trouvent réunis le café, le bureau de la douane et le *konak*, qui est la résidence du kaïmacam. Le bureau d'un sous-préfet turc est d'une simplicité qu'il est permis de trouver excessive. Un vieux divan fait le tour d'une salle nue à laquelle on accède par une échelle; les murs sont blanchis à la chaux, et un drap cloué sur un des pans de la muraille dissimule imparfaitement une large crevasse. Le seul meuble officiel est un fauteuil européen, dans lequel le kaïmacam s'accroupit à la turque quand il donne ses audiences. Point de papiers ni d'archives. Un gendarme ou *zaptié* apporte-t-il une lettre à signer, le magistrat tire son cachet d'une petite bourse et l'applique sur le papier, qu'il jette dédaigneusement à terre; le zaptié le ramasse avec respect et se retire à reculons. Le kaïmacam de Marmara est un jeune Turc de bonne mine, tout nouveau dans le pays, qu'il connaît mal. Comme beaucoup de jeunes fonctionnaires turcs, il paraît comprendre que l'administration ottomane n'est pas parfaite, et nous demande avec tristesse : « Si l'on me voyait à Paris, on me prendrait pour un sauvage? » Au reste, il est superflu de l'interroger sur les routes du pays et sur la distance des villages, même les plus voisins. Ces perpétuels changements des magistrats et des fonctionnaires ottomans créent les plus sérieux obstacles à la bonne administration du pays ; on ne l'ignore pas à Constantinople, et le hatt impérial du 10 septembre 1876 n'a pas manqué de signaler « que les employés sont l'objet de changements fréquents et non justifiés par des motifs légitimes. »

Nous passons la soirée sur la marine, en compagnie du kaïmacam et du cadi. Toute la population masculine est réunie devant le café, pour écouter deux improvisateurs qui donnent un concert. Les deux chanteurs s'accompagnent avec une mandoline à long manche, et se donnent la réplique par une série de couplets alternés que les Turcs appellent *hachick*. La musique est douce et mélancolique, et les couplets se terminent tous par une note aiguë et prolongée. Cette mélodie languissante accompagne des paroles dont le fond est emprunté aux plaintes de l'amour ; toutefois les étrangers ne sont pas oubliés ; on leur souhaite la bienvenue, et, dans un langage imagé, on fait des vœux pour leur heureux voyage. La scène a un grand caractère de simplicité naïve ; tous les hommes, groupés autour des chanteurs, écoutent avec une attention religieuse et se laissent aller à l'attrait de cette poésie improvisée. Il est difficile d'être plus près de la vie antique. C'est le charme de ces voyages en Orient de retrouver, à peine altérées par des différences qu'on apprécie facilement, des formes d'esprits qui se conservent à travers les variations de races, grâce à la persistance des mêmes causes.

Dalian, 13 mai.

Le chemin qui mène de Marmara à Dalian est à

peine frayé. Tantôt il traverse les montagnes couvertes de pins qui forment le promontoire de Karajagatsch; tantôt il côtoie le bord de la mer, et se perd dans les marais qui couvrent les vallées basses à la suite de la saison des pluies; il faut pousser son cheval dans les lagunes d'eaux mortes, où il enfonce jusqu'à la selle. Enfin ce petit sentier, vingt fois perdu et retrouvé, débouche dans de larges vallées coupées de plantations d'érables, où paissent à l'abandon des troupeaux de buffles. Au lieu dit Biouk-Karajagatsch s'élèvent quelques misérables huttes de terre, habitées par deux ou trois familles; c'est le lieu de la halte. Un jardin planté de mûriers et entouré de haies d'aloès nous offre un excellent gîte. Le soleil levant nous montre la vallée vivement colorée de teintes fraîches, un léger brouillard flottant devant un rideau de magnifiques érables, et une immense prairie très verte. Mais tout cela est en friche, et les rares habitants qui cultivent à grand'peine un petit coin de terre sont dévorés de fièvre.

Nous faisons route vers le nord-est, pour gagner un col d'où l'on aperçoit le lac du Koïjez-Liman, étroitement enserré entre les pentes de l'Aghlan-Dagh et de l'Éren-Dagh. C'est là un de ces aspects qui feraient le bonheur d'un peintre, tant le tableau est composé à souhait. Des pins morts de vieillesse ou brûlés à leur base par des bergers nomades gisent en travers du sentier; au-dessus des têtes, écimées par la foudre, de ceux qui sont restés debout, on aperçoit le lac qui ondule comme un large fleuve entre les promontoires boisés, dominés par les sommets blancs de l'Aghlan-Dagh; sur les flancs plus rapprochés de l'Éren-Dagh, les pins s'étagent par zones horizontales, de plus en plus clairsemés jusqu'au sommet dénudé de la montagne. Ces vastes échappées de vue compensent largement la fatigue d'une ascension monotone. Les bords du lac sont marécageux et malsains. Nous y trouvons cependant deux familles de pêcheurs qui ont établi leur domicile sous des platanes centenaires; des enfants déguenillés, aux yeux brillants de fièvre, au ventre ballonné, rôdent d'un air farouche autour de ces pauvres demeures. Tandis que les chevaux prennent la route de terre, une barque nous mène le long des rives du lac, jusqu'au petit fleuve qui en sort pour arroser Dalian. Un peu au-dessus de la ville, un bac est établi pour la commodité des gens du pays qui ont leurs champs sur les deux rives du fleuve; c'est une sorte de pirogue, creusée dans un tronc d'arbre; où s'empilent avec insouciance les paysans de Dalian. Il s'agit de faire passer nos chevaux; on les pousse deux à deux dans le courant, et un homme assis dans la pirogue les guide en les tenant par la crinière; renâclant et soufflant, les chevaux arrivent à l'autre rive, où ils s'ébrouent bruyamment, couverts d'écume, et semblables aux coursiers d'Hypérion sortant de l'onde.

Dalian est un gros bourg habité surtout par des Turcs; des Juifs et des Grecs, en petit nombre, y sont installés. A défaut de khan, nous nous logeons dans la maison d'un Grec qui est en voyage. A peine avons-nous pris possession du logis, le propriétaire revient, et pousse l'hospitalité jusqu'à nous abandonner complètement sa maison : il couchera devant sa propre porte. Et ce n'est pas seulement l'empressement servile du raïa à qui la présence d'un zaptié d'escorte dicte très clairement ses devoirs; le paysan grec du royaume hellénique offre d'aussi bon cœur son logis à un hôte; les Grecs ont le don de l'hospitalité. Le kaïmacam vient nous rendre visite. Tandis que nous prenons le café, un Turc s'arrête devant le magistrat, met une main sur son cœur, et, les yeux baissés, commence le récit d'une contestation qui s'est élevée entre un voisin et lui au sujet d'un champ. Le kaïmacam l'écoute, et sans aucune autre formalité, prononce son jugement. Il nous quitte pour continuer quelques pas plus loin ses audiences en plein air. Ce gros homme à la figure débonnaire, portant avec le fez de la réforme une stamboul̈ine usée, paraît doué de beaucoup de finesse; chez un grand nombre de fonctionnaires turcs, cette qualité supplée souvent à des connaissances insuffisantes; à défaut d'un code régulier, le bon sens introduit quelque équité dans ces jugements, qui rappellent plutôt les sentences sommaires des khalifes justiciers des *Mille et une nuits* que la procédure de nos tribunaux modernes.

Une large plaine, fermée vers le nord par une haute muraille de rochers grisâtres, sépare Dalian des ruines de l'antique Kaunos. C'était la ville la plus importante de la Pérée rhodienne, région soumise à l'autorité des Rhodiens, et que la langue, les mœurs, les traditions rattachaient à la Carie. La ville s'étageait au-dessus d'une baie fermée, alimentée par le Kalbis, et bordée d'arsenaux et de chantiers; elle était protégée par la citadelle d'Imbros, bâtie sur un rocher de forme bizarre, et qui, vu de la plaine, semble un cône allongé posé sur sa pointe. La plaine marécageuse qui s'étend des ruines à la mer est de formation récente; les alluvions du fleuve ont peu à peu fait reculer le rivage, et le port, marqué seulement par une dépression du sol, se trouve aujourd'hui à plus d'une lieue et demie de la mer. Les ruines de la ville n'offrent guère d'intérêt que pour l'archéologue. Cependant le théâtre mérite attention : le mur d'enceinte percé de couloirs voûtés, les gradins encore intacts sur plusieurs points, ailleurs disjoints par les racines d'énormes figuiers qui les ombragent de leurs larges feuilles, tout cela forme un ensemble imposant, que vient compléter la haute masse des montagnes grises du cap Kapania. Les ruines des thermes, les vestiges du mur fortifié qu'on aperçoit à travers une végétation courte et drue de lentisques et d'astidis, donnent l'idée de ce que pouvait être une grande ville d'Asie-Mineure; on suit encore pendant plusieurs kilomètres les traces des murailles qui défendaient la ville. Kaunos était célèbre pour son climat insalubre; en voyant les bords marécageux du Kalbis, la plaine de Dalian, dont le sol stérile est crevassé par l'ardeur du soleil, on se rappelle les épigrammes qu'un poète satirique lançait aux Kauniens, quand il les plaisantait sur leur teint verdâtre et leurs visages fiévreux : « Comment pourrais-je dire que cette ville est malsaine, puisqu'on voit les morts eux-mêmes s'y promener? »

Nous quittons Dalian, non sans faire une recrue des plus intéressantes. C'est un jeune Grec, qui sera chargé de prendre soin des chevaux. Il arrive à l'heure du départ, monté sur un grand cheval borgne et efflanqué, emportant avec lui tout ce qu'il possède : un vieux pistolet rouillé et une culotte neuve. Il quitte Dalian pour nous suivre, sans trop savoir où nous mènera ce voyage; mais le Grec change de pays avec une rare facilité, et l'inconnu exerce toujours sur lui une séduction irrésistible. Antonios est prêt à tout : il a été *cafedji* à Dalian, puis domestique d'un Turc, qui le traitait mal. L'idée de voyager avec des Francs lui sourit; il n'en faut pas plus pour le décider à quitter son pays natal; à la fin du voyage, il cherchera fortune à Smyrne, où il a des *patriotes*. Sa bonne chance l'a conduit à Paris, et il a dû passer par tous les étonnements en s'embarquant à Mersina pour se rendre en France. Mais les surprises durent peu chez un Grec : il les dissimule d'abord par amour-propre; puis une rare aptitude à s'accommoder de tout lui a bientôt rendu son aisance.

Métrésadis, 15 mai.

La région montagneuse et boisée qui s'étend au sud de Kaunos se ressent déjà du voisinage de la Lycie. Le sentier s'enfonce entre des haies de caroubiers et de lauriers-roses, se perd dans des fourrés épais, ou longe des ruisseaux d'eau vive; c'est un véritable parc, qui contraste avec les plaines arides et les massifs rocheux de la Pérée rhodienne. Il fait nuit close quand nous arrivons à la vallée où il faut camper; une herbe courte a remplacé la fraîche végétation de la montagne; des cabanes désertes s'échelonnent dans la plaine; enfin notre caravane s'arrête devant des abris construits avec des branchages entrelacés et éclairés par de grands feux autour desquels sont groupés des bergers. La flamme éclaire vivement des visages bronzés, des têtes rasées, à peine couvertes par de petits turbans posés obliquement; les armes reluisent aux ceintures de cuir; l'éclat du foyer fait scintiller les passementeries dorées des vestes et des guêtres brodées. Tous ces bergers sont venus de différents points de la vallée pour célébrer le mariage d'un des leurs. Nous nous trouvons invités à un repas de noces, composé de galettes de blé noir, de pilaf et de *yaourt* ou lait caillé; du lait mêlé de miel forme une excellente boisson. Pour charmer les heures de la veillée, un des bergers entonne le chant de noces, tandis qu'un orchestre de trois musiciens l'accompagne avec un tambourin, une flûte et une guitare. La tête renversée en arrière, les yeux à demi fermés, le chanteur prolonge les notes aiguës de cette mélodie bizarre, que les assistants écoutent en silence, accroupis ou couchés de tout leur long; de temps à autre un cheval, libre d'entraves, s'approche du foyer, dresse la tête au-dessus d'un groupe et repart au galop. A quelque distance de là, les femmes font aussi la veillée des noces; une petite lueur perce à travers les tentes de feuillage, et leurs chants affaiblis arrivent jusqu'à nous dans les intervalles de silence. On n'analyse pas le charme de pareilles scènes; tout y contribue, l'étrangeté du spectacle, la mine farouche de ces hôtes d'une nuit, le rythme singulier d'un chant qui vous berce avec des paroles inconnues, et même cette langueur délicieuse, voisine du sommeil, qui suit la fatigue d'une longue journée de marche. Le lendemain, le marié vient nous tenir l'étrier et nous souhaiter toutes les prospérités.

Le petit fleuve du Sari-Sou traverse une vallée d'aspect triste, envahie par les ajoncs. Des Turkomans ou Yourouks y ont établi leur campement (1). Le voya-

(1) Voir, sur les Yourouks, les pages 174 et suivantes des *Souvenirs d'un voyage en Asie-Mineure*, par M. George Perrot.

geur en Anatolie rencontre souvent ces nomades, qui forment une véritable population errante. Tantôt on croise leurs caravanes en marche, tantôt on les trouve installés sous leurs petites tentes de laine noire; les chevaux, maigres et pleins de feu, paissent en liberté; devant les tentes les femmes tissent des étoffes grossières, pendant que des marmots en guenilles se vautrent au milieu des chèvres et des brebis. Des tapis, la grosse gourde à mette l'eau, des vases de bois taillés à la hache dans un billot de sapin, constituent tout le mobilier des tentes. Depuis la réorganisation de la Turquie en *vilayets, sandjaks* et *cazas*, le gouvernement ottoman a essayé d'astreindre ces nomades à vie sédentaire. Dans le vilayet d'Adana, où ils sont nombreux et où plusieurs actes de pillage commis par eux avaient inquiété l'autorité turque, le vali leur défendit une année de passer l'été dans la montagne et de s'écarter de la ville. La mortalité fut telle chez ces Turkomans, accoutumés à fuir les chaleurs de la plaine dans leurs campements d'été, que le vali a renoncé à maintenir ses ordres.

A une demi-heure des tentes turkomanes, entre la mer et la vallée, nous trouvons les ruines d'une ville byzantine dont le nom est perdu; les gens du pays l'appellent Baba. Il est probable que cette ville a succédé à l'antique Panormos des Kauniens. Rien n'est plus saisissant que l'aspect de cette cité ruinée, surprise sans doute par l'invasion ottomane en pleine prospérité, et abandonnée à la suite d'une conquête violente. Certaines maisons ont conservé tous leurs murs presque intacts; des escaliers descendent dans des caves voûtées, envahies par l'eau; les rues sont encore tracées entre des pans de murailles lézardées, où les figuiers sauvages et les lauriers poussent dans des crevasses; on distingue les amorces de voûtes d'une église byzantine que dessinent nettement les murs de l'abside et des galeries latérales. A mesure qu'on s'approche de la mer, la ville ruinée disparaît sous les dunes; on peut prévoir le temps où le sable, poussé par le vent de mer, aura tout recouvert et fait disparaître les derniers vestiges. Quelques débris antiques, des fûts de colonnes, des murs massifs d'appareil hellénique méritent d'être notés; ce sont les seules traces de la civilisation grecque dans ce désert étrange qui ne livre pas son énigme au voyageur.

La première ville importante que marque notre itinéraire est Bouldour, dont nous sommes séparés par quatorze journées de marche, à travers un pays accidenté, d'accès difficile; les villages qu'indiquent sur notre route la carte de Kiepert ne sont le plus souvent que des hameaux. C'est donc la vie campagnarde chez les Turcs que nous allons voir de près, au hasard des étapes, nous guidant d'après les renseignements recueillis près des gens du pays, au risque de perdre des journées en recherches infructueuses. Les notions du temps et des distances sont très vagues chez les paysans turcs; l'heure a pour eux une valeur de fantaisie qui varie de vingt minutes à une demi-journée. C'est de très bonne foi qu'ils répondent au voyageur que tel village est tout près, « au bout de ma barbe; » à ce compte la barbe aurait souvent plusieurs kilomètres.

Quand on chemine vers le nord-est, en quittant la vallée du Sari-Sou, on entre dans celle du Doloman-Tschaï, l'ancien Indus, qui formait à peu près la frontière entre la Carie et la Lycie. Le fleuve, dont le volume d'eau est considérable pendant la saison des pluies, devient guéable au printemps, et la traversée s'opère sans encombre. On hausse les étriers, on relève sur la croupe du cheval le *kibeh* accroché à la selle, et l'on pousse droit dans le lit du fleuve, où percent par endroits de larges bancs de galets. Sur la rive opposée s'élève un village de Tartares de Crimée, ou Nogaïs, qui ont suivi en Anatolie les Tcherkesses émigrés. Les paysans turcs ne distinguent guère les Tartares des Tcherkesses, et le village a reçu le nom de Tcherkess-Keuï. Il se compose de quelques maisons bâties en torchis et en pisé; à côté se dressent sur des pieux des kiosques en clayonnage qui forment comme des greniers élevés sur pilotis. Les habitants de ces masures ont conservé le costume national, le bonnet fourré, la longue robe ornée de cartouchières sur la poitrine. Leurs chevaux, toujours sellés en vue d'un coup de main possible, paissent dans un enclos voisin. Les habitants de la région redoutent beaucoup ces voisins incommodes, dont la spécialité est de faire des razzias de chevaux et de bétail.

Quelques heures de marche dans la montagne nous amènent au village de Métrésadis, qui domine toute la vallée, coquettement posé sur un plateau boisé. Un vieux Turc à figure souriante, Abdullah-bey, nous accueille avec cette courtoisie pleine de dignité dont les Osmanlis ont gardé la tradition. Il s'excuse de ne pouvoir nous offrir l'hospitalité dans la *chambre des étrangers (mussafiroda)* qu'il fait bâtir par des maçons grecs de Makry; à défaut de l'*oda,* notre hôte fait préparer pour notre gîte une sorte de grenier à blé, qui sert souvent aux Turcs de pavillon d'été. Ces constructions sont d'un usage fréquent dans toute la Lycie. Sir Charles Fellows en a dessiné de curieux spécimens (1). Au-dessus d'une huche ayant à peine un mètre de hauteur règne un toit aigu, qui descend jusqu'au sol. Abdullah-bey fait entasser dans cette niche des tapis et des coussins, qui la transforment en un gîte très confortable. Le soleil couché, on apporte le repas, et tandis que tous les hôtes du bey, y compris le zaptié, font honneur aux galettes de blé noir et au *kébab*, les domestiques d'Abdullah éclairent avec des torches de pin cette scène d'hospitalité. Le repas fini, on allume les chibouques et les cigarettes, et alors commence la scène de la veillée. On se laisse aller avec une sorte de langueur à cette demi-somnolence que causent la fatigue, le bruit des conversations à voix basse dans une langue douce et gutturale, les aspects étranges des personnages groupés autour du foyer, qui entraînent l'esprit assoupi dans les régions du rêve. Tous les voyageurs en Orient connaissent cette heure charmante de la halte, que les Turcs ont d'ailleurs le bon goût d'abréger quand elle devient une fatigue pour l'étranger. C'est là, une fois pour toutes, le caractère de l'hospitalité chez les Turcs des campagnes, où la politesse a conservé des allures de courtoisie et parfois de réelle distinction. On ne rencontre pas toujours la souriante figure d'Abdullah-bey; mais dans les villages les plus humbles l'étranger est assuré de trouver un gîte à l'*oda*, où il sera hébergé par le maître de la maison. Le soir, à la veillée, ce seront les mêmes questions : « Que viennent faire ici les

(1) Fellows : *Travels in Lycia.*

Franguis? Que peuvent leur faire les vieilles pierres écrites, dont ils sont si curieux? Viennent-ils chercher des trésors? »

Dans le Tschâl Dagh, 19 mai.

Le dernier village grec auquel nous touchions avant d'entrer dans le massif du plateau lycien est le petit port de Güdjek, habité pendant une partie de l'année par des bûcherons grecs de Makry, de Rhodes, de Chypre et même de Karpathos. De misérables huttes de bois, des hangars, un café, et une boutique d'épicier ou *bakal* composent tout le village, qui reste désert pendant plusieurs mois de l'année. Sur tout le littoral, on trouve de ces établissements provisoires des Grecs qui exploitent, moyennant une légère redevance, les riches forêts de la Lycie abandonnées par l'incurie du gouvernement ottoman à l'industrieuse activité des raïas. Les hameaux de Djouk-tché-Ovajik, et de It-Hissar sont les dernières stations que l'on rencontre avant de s'engager dans les montagnes. Les habitations deviennent rares; à la végétation de la plaine et aux maigres cultures entourées d'enclos succèdent les pins, les érables, les arbousiers; souvent des pierres calcinées, rangées en cercles au pied d'un sycomore, indiquent le lieu de la halte et marquent les étapes d'un trajet monotone, sous la lumière grise que laissent filtrer les aiguilles des pins. La route n'est plus que rarement égayée par la rencontre d'une caravane d'âniers ou de bergers turkomans. Au détour d'un sentier, nous apercevons des chevaux paissant en liberté auprès de larges taches brunes disposées parallèlement sur le sol : ce sont des voyageurs qui font la sieste, couchés sous leurs couvertures, à la garde de la solitude et du désert. Plus loin, notre petite troupe est rejointe par un étrange habitant de ces montagnes : un mendiant infirme, déguenillé, le corps plié en deux, et marchant à quatre pattes, sort d'un fourré et s'offre à nous servir de guide ; ce quadrupède humain nous précède avec agilité, bondissant à travers les taillis, et laissant loin derrière lui nos chevaux épuisés. Cet être à demi sauvage vit des charités que lui font les voyageurs. Si l'on se plaisait aux antithèses, quel ingénieux et triste rapprochement ne pourrait-on pas faire entre ces magnifiques vallées, si riches et si verdoyantes, et le pauvre diable qui en est l'unique habitant !

It-Hissar est placé à l'entrée de l'immense défilé qui forme comme une des portes de la Lycie. Du haut de l'acropole antique, encore couverte de débris byzantins, l'œil plonge dans les replis d'une vallée profonde, qui s'enfonce vers l'est et serpente entre les masses grisâtres des hautes montagnes lyciennes. C'était à coup sûr une position stratégique de première importance ; les traces de murs helléniques, les rochers taillés en gradins comme ceux du vieux Pnyx à Athènes, des tombeaux sculptés dans le roc vif, indiquent clairement qu'il faut marquer sur ce point l'emplacement d'une ville antique, peut-être Kalynda. Au sortir de It-Hissar, on commence en réalité l'ascension du Tschâl-Dagh, par des sentiers pierreux, mal tracés. Les étapes sont indiquées par des kiosques délabrés, installés le plus souvent près des clairières où les chevaux peuvent trouver une maigre pâture. De distance en distance, on rencontre une citerne entretenue avec un soin qui donne à penser ce que doit être au cœur de l'été un voyage dans ces solitudes. Les citernes, de forme circulaire, construites en maçonnerie épaisse, sont de véritables maisons, et l'on ne se figure pas autrement la citerne biblique de la Genèse; une auge, des seaux de bois, en constituent tout le mobilier, qui est confié à la garde des voyageurs. Souvent le kiosque de refuge s'élève près d'un cimetière musulman abandonné, dont les tombes se reconnaissent facilement au petit enclos de pierres sèches qui les entoure et à la grande pierre plantée comme une fiche à la tête de la fosse. La présence de ces cimetières dans un pays désert ne laisse pas de piquer la curiosité du voyageur. Est-ce une trace de la sanglante campagne conduite en Anatolie par Ibrahim-Pacha en 1839? Ou bien est-ce tout ce qui reste d'un campement de Yourouks, qui auront continué leur vie nomade en laissant là leurs morts ignorés? C'est le plus souvent auprès de ces cimetières que les guides font faire halte aux caravanes; c'est la tradition, et rien ne pourrait les y faire manquer. Mais je crois que les voyageurs européens sont les seuls à songer qu'il y ait là une source de réflexions pendant les longues heures de halte.

A partir du plateau où nous avons campé, on s'élève dans la région haute de la montagne. Les pins, devenus plus rares, mal abrités contre les vents, rabougris et tordus, prennent des formes étranges, et l'on voit apparaître la végétation des zones élevées, les chênes verts et les mélèzes. Parfois, un pin mort de vieillesse est tombé en travers de l'étroit sentier; des voyageurs y ont fait à coups de hache une coupure qui permet le passage, et on laisse sans s'en inquiéter davantage l'énorme tronc pourrir et s'émietter sur le flanc de la montagne. Les kiosques de refuge, les auges de bois placées devant les sources deviennent plus fréquents ; il n'est si mince filet d'eau qui ne soit recueilli. On sent que les Turcs d'habitude si insoucians, ont multiplié les précautions dans cette région perdue. La solitude est complète, et un silence recueilli remplace les causeries et les chansons que fredonnent d'habitude nos compagnons grecs. Il est déjà tard quand nous atteignons le lieu de la halte, sur un étroit plateau du Karafilda, l'un des pics de la chaîne qui prend successivement les noms de Tschâl-Dagh et de Kartal-Dagh. Il faudrait un pinceau pour donner l'idée du magnifique panorama que nous découvrons. Tandis qu'au premier plan les pins et les mélèzes forment une large tache d'un vert sombre et vigoureux, derrière apparaissent les hauts sommets du Tschâl-Dagh, argentés de filets neigeux qui s'enlèvent sur le fond gris et rose de la roche nue. On peut suivre sur le vaste flanc de la montagne la gradation des zones de verdures, qui vont, grandissant d'intensité, se perdre dans le brouillard bleuâtre d'une vallée profonde. Les sommets de la chaîne ondulent, en se prolongeant à l'infini vers le couchant, dorés par une chaude lumière, jusqu'au moment où le soleil disparaît brusquement ; alors monte dans le ciel cette teinte ardoisée qui accompagne le court crépuscule des nuits d'Orient, et le silence n'est troublé que par le froissement des ailes des oiseaux de proie, qu'on entend s'enlever, et qu'on voit tournoyer dans l'air à de grandes hauteurs.

Nous passons la nuit sur le plateau tandis que les chevaux paissent en liberté ; nous bivouaquons près des ruines du kiosque de refuge ; des voyageurs en détresse l'ont démoli, et ont brûlé une partie des planches de la toiture. Notre drogman allume, non sans peine, un grand feu qu'on entretient toute la nuit avec d'énormes branches de pin et de mélèze dont la fumée odorante nous enveloppe comme celle des cèdres de Circé :

Urit odoratam nocturna in lumina cedrum.

Uhl-Keuï, 22 mai.

Le versant nord-est du Kartal-Dagh est formé d'une série de terrasses qui descendent par larges assises vers la vallée de la Pisidie et de la Phrygie. Dans le bas pays, les villages reparaissent et marquent l'emplacement des villes florissantes qui constituaient, avec Cibyra, la tétrapole de la Cibyratide. Pirnaz n'est qu'un pauvre hameau de dix à douze maisons. Nous n'y trouvons que deux forgerons grecs de Makry ; toutes les autres portes sont closes ; les habitants sont occupés à labourer leurs champs, à cinq ou six lieues à la ronde. Un autre Grec vient, comme nous, frapper à la porte des forgerons. Ce personnage à l'air timide, portant à la ceinture une écritoire de cuivre, est un percepteur de taxes en tournée. Son métier n'est pas toujours facile. Agent subalterne d'un banquier grec ou arménien qui afferme les impôts, il parcourt le pays et s'efforce de recueillir le montant des taxes. Les paysans turcs paient mal, car les misères de la guerre de l'Herzégovine se font sentir jusque dans ces pays, et le percepteur a beaucoup de mal à faire rentrer un argent qui risque fort de s'égarer en route avant d'arriver jusqu'au trésor impérial. Toutefois, dans les pays agricoles, sa tâche est plus facile ; les Turcs des campagnes sont d'humeur assez douce, et le pis qu'il ait à craindre, c'est de n'être pas payé. Dans toute l'Anatolie, les Grecs ou les Arméniens sont chargés de ces fonctions; on est sûr de les retrouver dans toutes les opérations financières.

Ebedjik, où les voyageurs anglais Spratt et Forbes ont les premiers reconnu l'emplacement de la ville antique de Bubon, est situé dans une vallée bien cultivée où coule le Doloman-Tschaï. Le village a l'aspect riant, avec ses petites maisons éparses dans des jardins. Sur la place principale s'élève une mosquée toute primitive, faite d'un kiosque de bois perché sur des poteaux. Des greniers à blé aux toits pointus, de petites maisons basses, séparées les unes des autres par des haies en fleurs, donnent à la place une physionomie rustique. Le soir venu, quand les troupeaux rentrent des champs et que les paysans vont s'asseoir sur les bancs devant les maisons, on retrouve, à peine altérée par la différence des costumes, une de ces scènes du soir si fréquentes dans les villages de France. On se laisserait aller volontiers au charme du souvenir, si la voix du muezzin ne venait, par les notes prolongées de la prière musulmane, rappeler au voyageur qu'il est en plein Orient.

Toute la vallée du Doloman-Tschaï, dans la direction du nord, a un caractère spécial qui contraste avec les vallées de la Lycie. La plaine est cultivée, et l'horizon est fermé par des collines de sable d'un blanc gris, taché par les plaques irrégulières d'une végétation maigre et rabougrie. Les montagnes plus élevées qui bordent la plaine sont dénudées et teintées d'un bleu clair qui se détache à peine sur le ciel. L'ensemble de toutes ces nuances donne une coloration très légère qui rappelle certains aspects de la plaine d'Athènes au mois de mai, quand le soleil a brûlé la verdure et pâli toutes les teintes des montagnes. Uhl-Keuï, gros village éparpillé au milieu des arbres, est la résidence du mudir. Nous y trouvons quelques familles grecques venues d'Isbarta qui nous accueillent de leur mieux. Ces pauvres gens s'excusent de ne parler que le turc, et l'un d'eux nous raconte la légende qui a cours dans toute l'Anatolie. Quand les Ottomans se sont établis à Uhl-Keuï, ils ont coupé la langue à tous les Grecs, n'épargnant que les enfants en bas âge, qui ont forcément appris la langue des vainqueurs. En réalité, les Grecs des villages de l'intérieur, n'étant pas en relations avec leurs nationaux comme sur le littoral, trop peu nombreux pour former une communauté comme dans les villes, ont oublié leur langue maternelle, tout en restant Grecs de cœur. Beaucoup d'entre eux ont quitté le pays lors de l'insurrection crétoise et sont allés se battre contre les Turcs. La situation des Grecs dans les villages où ils sont peu nombreux est assez précaire; ils n'ont guère d'autre sauvegarde que l'humeur généralement pacifique des Turcs agriculteurs; aussi, dans les temps de crise, ceux qui le peuvent n'hésitent-ils pas à se réfugier dans les villes et à chercher une sécurité relative au sein de la communauté hellénique.

Téfény, 23 mai.

Nous quittons Uhl-Keuï après une excursion à Chorzum et une longue visite aux ruines de Cibyra. Halte au misérable village de Beyi-Keuï, et départ à l'aube pour Téfény, où nous conduit une demi-journée de marche. La physionomie des villages change avec celle du pays. Les maisons de bois aux toits pointus, les greniers en forme de coffres posés sur d'énormes pierres sont remplacés par des habitations basses, construites en pisé et en bois de grume, et couvertes de terrasses. On chercherait vainement le type de construction adopté dans la région du littoral, et qui reproduit avec une fidélité frappante les façades sculptées dont les Lyciens décoraient leurs tombeaux creusés dans le roc.

Téfény est en fête. Un riche bey célèbre la circoncision de son fils et a convié aux réjouissances tous les Turcs de la région. Il y a plus de deux mille invités. Aujourd'hui, troisième jour de la fête, les lutteurs les plus renommés, venus de Bouldour, d'Isbarta et même d'Adalia, doivent concourir entre eux, et l'attrait de ce spectacle a littéralement fait le vide dans le village. Nous nous dirigeons vers la plaine où a lieu la lutte, guidés par les sons aigres de l'orchestre qui égaie les intervalles de repos. On se ferait difficilement une idée exacte de la richesse des couleurs accumulées dans la plaine. Une foule en habits de fête forme autour de l'arène un cordon multicolore où dominent le rouge cru, le bleu clair et le jaune éclatant. Il y a là toutes les variétés de costume, depuis le caftan fourré des riches Turcs de la plaine jusqu'aux vestes bariolées des montagnards; il faut la lumière diffuse du plein air pour fondre tous ces tons criards en un ensemble harmonieux et adouci. Sur les longs côtés de l'arène, deux tentes en laine noire se font face : ce sont les loges d'honneur, occupées l'une par le cadi et le kaïmacam, l'autre par le bey et par ses principaux invités. Nous prenons place sous la tente du kaïmacam, qui est président des jeux et tient à la main, comme insigne de sa dignité, une longue verge de fer. Ce grave personnage préside avec majesté, tout en croquant des noisettes; il les casse entre ses dents et en offre très civilement au cadi et à ses voisins. Les lutteurs sont partagés en deux camps; ils se distinguent par leur caleçon, qui est en cuir ou en tricot. Un héraut proclame le nom des lutteurs qui viennent à tour de rôle s'exhiber, étaler leurs larges poitrines et danser une sorte de pas guerrier en se frappant sur les cuisses. Quand l'un des combattants a fait toucher le sol à son adversaire, le vaincu prend la main du vainqueur, la baise, la porte à son front, et tous deux, se tenant par le cou, vont recevoir les paras que le kaïmacam leur donne comme prix de la lutte. Rien de plus grave que l'attitude de la foule pendant ces assauts; elle suit avec une attention scrupuleuse les passes et les promenades interminables qui précèdent l'engagement définitif; à voir tous ces visages tendus, ces yeux fixés vers l'arène, ces démonstrations enthousiastes qui accueillent le vainqueur, on songe tout naturellement aux luttes antiques. Certains détails les rappellent d'ailleurs de très près. Le groupe des deux lutteurs qui se tiennent fraternellement embrassés après l'assaut est la reproduction vivante des groupes de bronze qui servent de *manico* à plusieurs cistes étrusques des musées d'Italie. On le voit également au revers de certaines monnaies antiques d'Asie-Mineure, par exemple à Selge et à Aspendus. Il y a un singulier intérêt à retrouver là des types analogues à ceux qui ont servi de modèles aux sculpteurs grecs de l'école archaïque, et les particularités de la nature vivante donnent raison à ces vieux maîtres, qui copiaient sur le vif. Ces corps d'athlètes ont bien tous les caractères des statues grecques archaïques : les épaules hautes et larges, la poitrine bombée, le ventre déprimé, la taille amincie à l'excès par l'usage de la ceinture étroitement serrée, les cuisses démesurément développées. Les sculpteurs doriens de l'école de Kanakhos, les potiers corinthiens qui peignaient sur les vases des personnages à la musculature exagérée, n'avaient pas à coup sûr d'autres modèles, et l'on est frappé de la fidélité avec laquelle ils ont reproduit des formes que le hasard des voyages peut seul aujourd'hui nous faire rencontrer.

Les types des figures n'ont d'ailleurs rien d'antique. Tous les lutteurs accroupis au premier plan, attendant leur tour, ont des physionomies brutales et sauvages. Leurs têtes luisantes d'huile, complètement rasées, sauf une courte mèche de cheveux, ont un caractère de stupidité bestiale, qui disparaîtra tout à l'heure quand elles auront coiffé le fez et le turban.

Pendant que les hommes assistent à la lutte, les femmes regardent de loin, groupées sur les terrasses des maisons ou derrière les grillages des fenêtres. Dans la demeure du bey, il y a fête au harem; à travers les grilles des fenêtres, on aperçoit de jolis visages curieux, des yeux noirs brillants, et l'on entend des chansons, des éclats de rire, des sons de guitare et de flûte. La cour de la maison est pleine de tumulte; les domestiques du bey égorgent des chevreaux, des moutons, et montrent aux étrangers, pour qu'ils jugent de la magnificence de la fête, les peaux toutes fraîches, entassées dans un coin.

Dans la soirée nous apprenons, par un Grec venu de Bouldour, une douloureuse nouvelle : celle de la mort de MM. Moulin et Abbot, consuls de France et d'Allemagne à Salonique, assassinés dans une des mosquées de la ville. Il nous est difficile, au milieu des récits contradictoires et des commentaires passionnés, de connaître la vérité sur ce triste épisode; aussi nous prenons le parti de modifier notre itinéraire et de gagner le littoral, où nous trouverons dans la plus prochaine résidence consulaire, à Adalia, des renseignements précis et des journaux européens. Les Grecs de Téfény sont vivement émus de cet outrage fait à deux puissances européennes, et avec leur rapidité d'imagination, ils en mesurent déjà les conséquences extrêmes. Ils redoutent un massacre général des chrétiens en Anatolie et une explosion du fanatisme musulman. Les précautions prises par les autorités turques leur paraissent illusoires. Le moutésarif de Bouldour a bien adressé à tous les kaïmacams de son sandjak une lettre officielle, pour leur recommander de protéger les étrangers et les chrétiens; mais que peuvent ces sortes de circulaires vagues et banales sur des esprits déjà excités, convaincus que l'islamisme est menacé par l'Europe, et que la *guerre sainte* va commencer? Le caractère lourd et fermé des Ottomans prête à toutes les suprises. Tranquilles aujourd'hui en apparence, qui sait ce qu'ils seront demain?

Telles sont les réflexions auxquelles se livrent plusieurs Grecs de la région, réunis chez notre hôte, négociant d'Isbarta, qui possède un comptoir à Téfény. Cependant arrivent les invités grecs du bey Méhémet; ils viennent terminer la fête chez notre hôte, et y boire le vin et le raki que le bey, musulman rigide, n'a pas fait servir chez lui au repas du soir. La fête se continue chez le Grec d'Isbarta, et, grâce à la mobilité du caractère hellénique, les assistants ont bientôt oublié leurs inquiétudes. On a fait venir de Bouldour une danseuse pour égayer la fête; cette fille, vêtue du costume anatolien, les cheveux coupés court sur les tempes et tressés par derrière en minces cordelettes, verse le raki à la ronde aux Grecs assemblés dans une salle basse. Tous les invités sont bientôt ivres, et la fête dégénère en orgie. Le lendemain matin, quand nous voulons prendre congé de notre hôte, nous le trouvons étendu au milieu des autres Grecs endormis; il essaie de se lever avec un air de gravité plaisant, et retombe lourdement en bégayant quelque chose qui ressemble à des souhaits de bon voyage.

Bouldour, le 29 mai.

La longue vallée qui s'étend de Téfény à Bouldour, et que traverse le Gebren-Tschaï, a été peu explorée. La grande carte de Kiepert, guide excellent pour les régions peu connues, présente sur ce point de nombreuses lacunes; on y chercherait en vain les noms des villages qui s'étagent sur les deux versans de la vallée, Edja, Sazak, Kaya-Djik, Koulâz-lar, etc. Le plus important des villages qu'on rencontre sur la route de Bouldour est Karamanly; mais nous trouvons ce village presque désert. Tous les Turcs aisés sont à la fête de Téfény, et il nous faut descendre à l'*oda*, où nous sommes condamnés à la société de deux ou trois Turcs, musulmans très orthodoxes, à en juger par leur attitude peu bienveillante. En revanche nous assistons à une véritable fête des roses. Les rosiers des jardins environnants sont en pleine floraison; aussi voit-on des roses partout. Les femmes en jonchent les terrasses des maisons, en décorent leurs portes; on en met jusque dans les jarres à rafraîchir l'eau. C'est plaisir de voir passer les paysans turcs couronnés de roses piquées dans leur turban; il y a un singulier contraste entre cette parure fleurie et les figures hâlées et sauvages de ceux qui la portent. Est-ce une tradition populaire, analogue à celle qui conduit, le matin du 1er mai, les habitants d'Athènes dans les jardins de Patissia, pour y faire la récolte des fleurs en souvenir de l'antique Anthesphorie? C'est simplement le plaisir de jouir des fleurs, et de satisfaire ce goût pour la nature qui est commun à tous les Turcs. La passion des riches Osmanlis pour les jardins, les arbustes rares et les oiseaux, est bien connue : les paysans de Karamanly, à défaut d'autre luxe, se donnent celui des premières roses.

La vallée du Gebren-Tschaï est aride et dénudée; on ne trouve de verdure que dans les fonds où sont blottis les villages. La terre est argileuse, et les eaux mortes, accumulées dans les parties basses, y forment des marais d'où l'on voit parfois émerger les énormes têtes de buffles plongés dans la vase jusqu'au cou. Dans les parties hautes, le sol est sec et lézardé de larges crevasses où s'enfoncent les pieds des chevaux. Il n'y a guère dans la vallée d'autres habitations que des fermes isolées, construites en pisé ou en torchis; les maisons s'élèvent à peine au-dessus du sol, et leur forme plate et basse s'harmonise à merveille avec celle des montagnes grisâtres qui cernent la vallée. Les villages du haut pays sont pauvres. Quelques familles grecques, mêlées à la population turque essentiellement agricole, y vivent de l'industrie des toiles peintes. A l'aide de planches grossièrement gravées, les femmes impriment sur des étoffes de cotonnade de grands dessins à ramages, aux couleurs éclatantes. Mais le commerce anglais fait une rude concurrence à cette industrie, qui ne se retrouve plus guère que dans les campagnes et dans l'intérieur de la péninsule. Sur le littoral, les marchés regorgent de marchandises anglaises, d'une exécution supérieure aux produits indigènes, et d'un prix modique. Le commerce anglais finira par tuer les petites industries locales.

Près de Beylerly, nous visitons dans la montagne les ruines de l'ancienne colonie romaine d'Olbasa sous la conduite d'un Grec du village. Cet homme a bien hésité à nous accompagner. Les paysans turcs, assemblés sur la place, lui défendaient de mener les étrangers voir « les vieilles pierres écrites » auxquelles l'imagination populaire manque rarement d'associer l'idée de trésors cachés. Enfin, menacé d'un côté, pressé de l'autre, il se décide à nous guider à travers les roides escarpements qui mènent à l'acropole antique. Au retour, nous demandons du lait à une vieille femme turque occupée à traire ses vaches, et comme on veut la payer, elle refuse en disant : « Est-ce que nous n'avons pas nos morts ? » Il est difficile de ne pas reconnaître là une croyance commune à tout l'Orient grec, et dont les voyageurs ont maintes fois retrouvé la trace (1). La nourriture offerte à des étrangers profitera aux parents morts de celui qui fait ce don; elle entretiendra la vie à demi matérielle que les morts conservent dans le tombeau. Le banquet funèbre des Albanais, les grenades et le riz bouilli que mangent les

(1) Voyez les pages consacrées à cette croyance dans l'ouvrage de M. de Heuzey : *Mission de Macédoine*, p. 156, et dans celui de M. Albert Dumont : *le Balkan et l'Adriatique*, p. 34.

Grecs d'Athènes le jour du *mnimosynon*, le *pain du mort* offert par les Grecs de Thessalie le jour des cérémonies funéraires n'ont pas un autre sens; ces mets profitent aux âmes. La croyance à une sorte de vie matérielle dans le tombeau est tellement enracinée chez les Grecs qu'elle donne lieu aux faits les plus étranges. En 1876, à Kourkoura, en Eubée, on croyait qu'un cadavre troublait le repos des autres morts; le papas, consulté, donna le conseil de l'exhumer et de le brûler, ce qui fut fait. En dépit de la différence des religions grecque et musulmane, les Osmanlis ont la même superstition. Il y a quelques années, on ménageait encore un trou dans les tombes musulmanes, afin que le mort pût respirer et rester en communication avec le monde des vivants. Tous ces faits ont une importance singulière pour l'étude des civilisations disparues; l'observation de formes d'esprit différentes des nôtres éclaire bien des points de l'histoire du passé, et l'Orient restera longtemps encore le commentaire vivant de ces époques que l'érudition moderne s'efforce de faire revivre.

En quittant Beylerly, nous gagnons la route de Bouldour, qui longe les bords du Bouldour-Gueul (lac de Bouldour). D'abord mal tracée et indécise, elle serpente à travers des régions désertes et sablonneuses; plus loin, des poteaux télégraphiques, des postes de zaptiés plus fréquents, enfin, une apparence de route tracée et entretenue annoncent le voisinage d'une grande ville. On quitte bientôt les rives du lac près d'un poste de zaptiés; ces soldats déguenillés vivent moins de leur solde que des paras qu'ils gagnent en servant du café au voyageur. Leur corps de garde est un véritable café. Quand on a dépassé le poste, on s'enfonce entre des collines calcaires dans la direction de Bouldour. Les environs de cette ville ont un aspect étrange, et c'est presque une bonne fortune de les voir sous un ciel orageux, qui fait ressortir la physionomie de la contrée. Le paysage se dessine par de grandes lignes horizontales; au premier plan, une série de monticules calcaires et marneux, d'un blanc sale, d'aspect monotone; à l'horizon, la ligne noire formée par les maisons de bois de la ville, et rompue par quelques minarets aigus; à l'arrière-plan, les dernières pentes de l'Aghlasan-Dagh, teintées de bleu ardoisé, d'une valeur uniforme. Le tout est éclairé par les rayons d'un soleil terni, qui tombent d'aplomb. Hommes et chevaux sont fatigués par cette lumière décolorée que reflète le sol, et c'est un véritable soulagement que de pénétrer sous l'ombre des jardins dont la ville est entourée.

Bouldour, 30 mai.

Le khan est neuf. Les petites cellules blanchies à la chaux, avec leur sol de terre et de paille hachée, offrent un gîte passable. Autour de la cour intérieure règne une galerie de bois sur laquelle donnent les portes des chambres. C'est un continuel va-et-vient de voyageurs, de marchands affairés. Les transactions se débattent dans la cour du khan, au milieu du tumulte que font les nouveaux arrivants, les chevaux et les mulets qu'on décharge. De grandes outres de cuir noir, rangées le long des murailles, font songer involontairement au conte arabe des *Quarante Voleurs*. Sous le porche obscur qui donne accès dans la cour, des marchands ont étalé leurs marchandises : étoffes de Brousse, kouffièhs d'Alep, yachmachs de toutes couleurs, et même des indiennes venues d'Angleterre, qui détonnent tristement au milieu de tous ces brillants produits de l'Orient.

Le khan s'ouvre sur la rue principale, bordée de boutiques où les marchands sont installés suivant la nature des objets qu'ils débitent : selliers, cordiers, marchands de fruits, etc., sont groupés ensemble. La rue aboutit au bazar, qui s'étend autour d'une mosquée, sous l'ombre de magnifiques platanes. C'est jour de grand marché; une foule bigarrée circule dans le demi-jour du bazar ; les femmes turques, strictement voilées de blanc, traînent avec lenteur leurs lourdes bottes jaunes, tandis que des Turkomans marchandent les longs yatagans à fourreau de bois cerclé de cordes, qui sont leur arme favorite. Des paysannes campent sur des amas de tapis tissés pendant la saison d'hiver, et qu'elles viennent vendre à la ville au premier grand marché du printemps.

Le quartier grec est propre et bien entretenu. Les maisons ont bonne mine, avec leurs balcons (*chaknisirs*) relevés de couleurs vives, où le bleu domine; il y a une trentaine d'années, le rouge ou le gris sombre étaient les seules couleurs permises aux raïas. La population grecque, nous dit-on, se compose de trois cents familles; il y a trois mille sept cent cinquante familles turques et cent vingt arméniennes. La communauté arménienne est riche; elle possède une jolie église neuve, élégamment construite. C'est surtout des Grecs que nous recevons des informations. Retrouver des Grecs en pays ottoman est toujours un plaisir pour l'Européen; c'est alors qu'on apprécie toute la valeur du mot *christianos*.

Les Grecs de Bouldour sont actifs et industrieux. L'un d'eux, M. Spanoudis, est instruit et recueille avec soin tout ce qui a trait aux antiquités du pays. Nous passons la matinée chez un de ses amis, à lire les journaux de Smyrne et de Constantinople, et à causer des événements de Salonique. Les membres de la communauté hellénique sont peu rassurés, et le sentiment qui domine chez eux est la crainte d'une explosion de fanatisme. Les journaux grecs apportent des nouvelles inquiétantes; on enlève les enfants chrétiens pour en faire des musulmans; les mosquées de Smyrne et des grandes villes retentissent de prédications furieuses et d'appels à la guerre sainte. Ici les alarmes sont doublées par le sentiment qu'ont les Grecs de leur impuissance; ils se sentent à la discrétion des Turcs. Aussi toutes les espérances sont-elles tournées vers le royaume hellénique; les Grecs accueillent avec avidité toutes les nouvelles répandues par les journalistes d'Athènes, si prodigues de belles promesses : le gouvernement hellénique fait acheter des fusils en France; l'armée est prête à entrer en campagne; il y a des manifestations populaires à Athènes en faveur de la « grande idée. » Sans doute, les Grecs de Bouldour ont eu de belles espérances pendant le cours de la guerre turco-russe. La marche en avant de l'armée grecque, les revers des Ottomans, le soulèvement de l'Épire, de la Thessalie et de la Crète, tout cela a dû faire naître chez eux de vives illusions, encore exaltées par l'éloignement, et nourries par ce besoin d'espérer qui est un des traits particuliers de l'esprit hellénique; mais la situation des Grecs anatoliens n'a pas été sensiblement modifiée. L'avenir dira si l'article 32 du traité de Berlin, qui promet aux raïas l'égalité civile et politique, ne doit pas aller rejoindre tant de hatts impériaux restés jusqu'ici lettre morte.

Aujourd'hui nous assistons, dans la petite église grecque de Haghios-Gheorghios, au mariage d'un jeune Grec d'Adalia, Janako Dimitraki. La cérémonie ne diffère pas beaucoup de celles qu'on pratique à Athènes; les riches costumes des femmes lui donnent seuls un caractère d'étrangeté. Malgré la saison déjà chaude, les femmes qui assistent la mariée portent des pelisses fourrées par-dessus la veste et le large pantalon de soie bouffant : la coiffure se compose d'un fez entouré d'un mouchoir de soie coquettement posé sur des cheveux coupés court de chaque côté et tressés par derrière. Ces femmes, choisies parmi les matrones de la ville, ont un type d'une grande distinction : le profil est droit, le menton un peu fort; de grands yeux noirs éclairent ces visages à physionomie douce et un peu triste. C'est un bambin de la famille qui remplit les fonctions de *paranymphe*. Tandis que le papas nasille les prières d'usage, cet enfant tient de chaque main une lourde couronne de cuivre argenté au-dessus de la tête des deux époux, dont les mains sont liées par une écharpe de soie. Les prières finies, on imprime au lustre, qui pend au milieu de l'église, un mouvement de balancement, et les principaux acteurs de la cérémonie, époux, matrones, papas et paranymphe, se tenant par la main, exécutent une ronde qui n'a rien d'édifiant pour des esprits habitués au sérieux des mariages occidentaux. Le cortège se forme au milieu du tumulte et se dirige vers la maison de Dimitraki, précédé de violons qui jouent l'hymne national hellénique. Cette absence de gravité dans les cérémonies religieuses n'est pas particulière aux Grecs d'Anatolie. On a souvent remarqué que la race hellénique n'est pas accessible à une émotion religieuse bien profonde. Les cérémonies de la semaine sainte, à Athènes, ont un caractère riant : les églises sont pleines de fleurs; la foule qui les visite n'a rien de recueilli; on sent que la dévotion consiste pour elle en quelques pratiques machinalement accomplies; il n'y a pas trace de piété intérieure.

Les réjouissances à propos d'un mariage durent huit jours en Anatolie. Aussi pouvons-nous le lendemain assister chez Dimitraki à un genre de divertissement très spécial : c'est la danse des femmes. Quelques amis forment tout le public, qui doit être aussi restreint que possible. Dans une jolie salle à plafond de bois découpé, une douzaine de femmes sont assises sur des divans, tandis que la mariée se tient dans un angle de la pièce, avec l'air timide que commandent les bienséances. Trois musiciens jouent de la flûte, de la guitare et du tambourin. La danse ressemble fort peu au *choro* des provinces de la Grèce propre. Les danseuses viennent à tour de rôle, isolément, exécuter une série de mouvements rythmés qui ne sont pas sans grâce. Chacune d'elles s'avance ou plutôt glisse sur le parquet à très petits pas, après des résistances feintes qui sont le prélude obligé de la danse; les bras étendus au-dessus de la tête, elle fait le geste des joueuses de crotales antiques; puis, déployant les bras, elle simule tous les mouvements d'une fileuse qui étire le fil. La tête est rejetée en arrière, le buste tendu; et, pendant que la danseuse semble piétiner sur place, tout son corps ondule et se dessine sous l'étoffe d'une étroite tunique sans plis.

La journée se termine par un échange de cadeaux. La jeune femme fait le tour de la salle, baise la main de chacun des assistants et lui offre un cadeau ; en retour elle reçoit une pièce de monnaie. Les dons ont souvent un caractère d'utilité pratique : une vieille femme reçoit un bassin de métal, une autre un pantalon de soie vert pomme qui paraît la flatter beaucoup, car elle disparaît un instant pour revenir parée de cet horrible vêtement. Les domestiques eux-mêmes ont leur part dans cette distribution de cadeaux, et leur jeune maîtresse leur baise la main. En réalité, cet acte de servage par lequel les Anatoliennes débutent dans la vie d'intérieur est un symbole assez exact de leur condition. La femme grecque, dans l'Anatolie, est la première servante de son mari. Elle n'est pas voilée; c'est presque la seule différence qui la distingue de la femme turque. Dans toutes les maisons grecques, les femmes travaillent dans le grand vestibule qui sert de parloir, tandis que les hommes fument et causent sur une sorte d'estrade garnie de divans. Il n'est pas rare qu'elles ignorent le grec, qui est pour leur mari la langue des affaires et des conversations politiques; on ne se donne pas la peine de la leur apprendre. Il est vrai de dire que cette situation tend à s'améliorer. Dans les villes de la côte, à Adalia par exemple, les mœurs sont en progrès sur ce point, et l'opinion y est assez sévère pour les Grecques de l'intérieur.

Isbarta, 31 mai.

Le départ d'un khan est toujours chose pittoresque. Nous avons tout le loisir de contempler le spectacle animé de la cour du khan en attendant notre zaptié d'escorte. Les zaptiés de Bouldour ont leurs chevaux au vert à deux heures de la ville : on juge de la rapidité avec laquelle ils peuvent accomplir un service pressé, commandé d'urgence. La route de Bouldour à Isbarta traverse un pays d'aspect morne, semé de mamelons marneux. On ne rencontre que de rares villages : Buy-Duz; le konak d'Achmed-Pacha, ancienne résidence d'été d'un haut dignitaire, aujourd'hui en ruines; enfin le *tchiflick* de Beïnder, qui n'est qu'un groupe de fermes réunies autour d'une petite mosquée.

L'agrément d'Isbarta a frappé tous les voyageurs. Au premier abord la ville a un caractère riant et gai qu'elle doit à ses jardins, ses maisons bâties en pierre, ses rues larges et bien tracées. Le bazar est tout neuf; détruit récemment par un incendie, il a été rebâti par les soins du moutésarif actuel, Rustem-Pacha; les boutiques en bois, construites sur un type uniforme, ont bonne mine. L'une des mosquées de la ville est élégamment décorée de faïences émaillées, qui forment autour des minarets comme de riches colliers bleus.

Notre première visite est pour le moutésarif. Rustem-Pacha est un homme à figure intelligente et énergique; il a la réputation de refuser les *bakchich* et les cadeaux. Nous le trouvons entouré de plans, en conférence avec son architecte. Chose rare en Turquie, ce magistrat connaît bien son *sandjak*, et peut nous donner d'utiles renseignements sur le pays. Il règne dans le konak une certaine activité; des zaptiés attendent des ordres près de leurs chevaux sellés; des solliciteurs font antichambre dans le vestibule, qu'une simple portière sépare du cabinet du moutésarif. La communauté grecque d'Isbarta est nombreuse. Elle a un représentant officieux auprès du moutésarif : c'est Ianaki-Effendi, grand vieillard à la physionomie ouverte, qui possède, grâce à ses qualités personnelles, une certaine influence sur les autorités turques. Sans s'abandonner aux terreurs et aux exagérations de ses compatriotes, il apprécie la situation des Grecs avec beaucoup de justesse. « Depuis six ou sept ans, nous dit-il, les Grecs vivent en bonne intelligence avec les Turcs, mais ce calme peut être troublé par des faits insignifiants. Hier les enfants de l'école grecque allaient complimenter le moutésarif à propos de l'avènement du sultan Mourad. Ils traversaient les rues de la ville en chantant un hymne, quand ils ont été assaillis à coups de pierres par les Turcs. Il faut s'attendre à de nouvelles provocations; mais le rôle des Grecs est d'user de modération et de prudence; ils seront soutenus par Rustem-Pacha. Au surplus nos fortunes et nos vies sont à la discrétion des Ottomans. »

La situation des Grecs est meilleure ici qu'à Bouldour. Ils ont compris qu'un réveil énergique de leur nationalité est pour eux le seul moyen d'acquérir quelque influence, et ils se sont mis à l'œuvre. Les progrès ont porté surtout sur l'instruction. Il y a deux ou trois ans, les femmes ne parlaient que le turc et se servaient de Bibles traduites en turc, mais imprimées en caractères grecs; beaucoup de Grecs n'étaient guère plus avancés et n'avaient gardé de leur langue maternelle que l'alphabet. Aujourd'hui la communauté grecque d'Isbarta possède des écoles; celles des filles est dirigée par des institutrices venues de l'*Arsakéion* d'Athènes; l'école des garçons est florissante, et on ne désespère pas d'avoir bientôt une école hellénique où les jeunes Grecs recevront une véritable instruction secondaire. L'impulsion est donnée par un syllogue (1) ou société littéraire, qui a pris à tâche de répandre l'instruction et de fortifier la tradition hellénique. Le syllogue d'Isbarta, qui en est encore à ses débuts, se déguise sous le nom modeste de cabinet de lecture (*anagnostirion*). L'installation est des plus simples : on se réunit dans une petite salle ornée de gravures représentant les principaux épisodes de la guerre de l'indépendance ; quelques livres, des journaux d'Athènes, de Smyrne, de Constantinople, constituent toutes les richesses littéraires de l'association. Mais, si les ressources du syllogue sont encore modiques, il en fait du moins un emploi fort intelligent. Il entretient trois boursiers à l'université d'Athènes, surveille et administre les écoles grecques de la ville, correspond activement avec les syllogues du royaume hellénique et de Constantinople, et recueille les documents qui peuvent avoir quelque intérêt pour l'étude des antiquités nationales dans cette région. Les copies des inscriptions grecques découvertes dans la province sont adressées au syllogue par ses correspondants, et déposées dans les archives. Il y a là une véritable activité, dont les résultats seront certainement féconds ; on peut prévoir le temps où le sentiment de la nationalité hellénique se manifestera avec force parmi les communautés grecques de la Turquie d'Asie, et où les Grecs

(1) M. le marquis de Queux de Saint-Hilaire a consacré aux syllogues en Orient et en Grèce une intéressante étude, dans l'*Annuaire de l'Association pour l'encouragement des études grecques en France*, année 1877. L'*Annuaire* de 1874 contient également une notice de M. Albert Dumont sur les *Syllogues en Turquie*.

d'Asie acquerront par leur zèle intelligent l'influence et l'autorité que la diplomatie européenne ne peut pas encore leur garantir. Les Grecs ont toujours montré une rare aptitude pour l'organisation de leurs affaires intérieures; rien ne le prouve mieux que ces syllogues dont les attributions sont plus étendues que leur nom ne l'indique. Faut-il ajouter que ces qualités se développent surtout dans les provinces qui ne sont pas libres? Il semble que l'esprit d'opposition contre le gouvernement ottoman et le souci constant de leurs intérêts nationaux donnent aux efforts des Grecs de Turquie une unité qui n'est pas toujours réalisée dans le royaume hellénique.

Nous visitons l'école grecque, dirigée par un Grec de Marathon et deux sous-maîtres. Pendant l'hiver, les classes se font dans une maison bien close, aménagée avec soin; au-dessus de la porte d'entrée on lit l'inscription suivante : « C'est la Sagesse qui a construit cette maison pour elle-même. » L'été, toute l'école se transporte dans un vaste bâtiment, largement aéré, et dont les salles pourraient servir de modèle pour plus d'une école primaire en France. Deux cents enfants sont réunis là, dans un ordre parfait. L'un de ces enfants nous raconte les guerres médiques et les victoires des Hellènes sur les Perses. « Mais qu'étaient les Perses? — C'étaient des barbares d'Asie, les Turcs de ce temps-là. » Et toutes les petites têtes coiffées du fez se redressent fièrement.

Le soir, les mosquées, le konak et les demeures des principaux fonctionnaires sont illuminés en l'honneur du nouveau sultan. De leur côté, les Grecs dissertent sur l'avènement de Mourad; ils commentent la prophétie d'après laquelle c'est sous le règne d'un Mourad que Constantinople doit être livrée aux Grecs, et ils ne désespèrent pas de voir bientôt sortir de la chapelle murée de Sainte-Sophie le prêtre légendaire qui reprendra sa messe interrompue par les soldats de Mahomet II.

2 juin.

Départ pour Adalia et route en montagne dans les défilés de l'Aghlasan-Dagh. A une faible distance de la ville, on s'engage dans une passe étoite, resserrée entre de hautes murailles de rochers. L'aspect de ce col est saisissant. Au-dessus des premières assises courent d'immenses parois de rocs taillées à pic, semblables à de gigantesques courtines. Bientôt un orage éclate dans la montagne et ajoute encore au caractère imposant de cette magnifique solitude. Les chevaux refusent d'avancer; en pareil cas, le voyageur n'a qu'à se résigner, sans essayer de lutter contre l'obstination de sa monture. Il y a d'ailleurs un charme étrange à suivre de l'œil les lourdes nuées glissant le long des murailles de rocher et laissant voir, à travers leurs déchirures, les plus hautes crêtes éclairées par un soleil d'orage. Au sommet du col nous retrouvons la civilisation turque sous la forme d'un poste de zaptiés. Deux soldats déguenillés s'abritent comme ils peuvent sous un coin du toit percé à jour, qui laisse entrer des torrents d'eau. Il suffirait de trois planches pour rendre le poste habitable : « Nous n'avons pas reçu d'ordre, nous disent les zaptiés; or nous sommes soldats et nous ne devons qu'obéir. D'ailleurs nous serons remplacés dans deux jours. »

Du côté du versant méridional, la descente est pénible. On reconnaît le chemin aux traces laissées par les pieds des chevaux sur d'énormes pierres disposées à peu près en escalier; c'est le hasard qui a fait tous les frais de cette route; c'est lui qui conduira intacts hommes et chevaux jusqu'à mi-hauteur de l'Aghlasan-Dagh, où s'étagent les ruines de la ville antique de Sagalassus. Le Français Paul Lucas, qui voyageait en 1706, a laissé de ces ruines une description enthousiaste. Ces débris, dit-il, « appartiennent plutôt au pays des fées qu'à des villes véritablement existantes. » L'admiration du voyageur français s'explique par la singulière situation de la ville antique. Les ruines s'étagent sur le versant de l'un des contreforts de l'Aghlasan-Dagh; elles grimpent le long des escarpements, posées, comme un troupeau de chèvres, sur les pointes de roc qui hérissent le flanc de la montagne. On imagine aisément ce que devait être la ville pisidienne de Sagalassus, avec ses monuments, portiques, temples, théâtre, retranchée dans une position inaccessible. Au reste, les ruines, postérieures pour la plupart au second siècle de l'ère chrétienne, n'offrent, au point de vue de la valeur esthétique, qu'un intérêt secondaire. Le calcaire gris de la montagne, qui a fourni les matériaux de construction, ne se prête pas à un travail fini, et les restes de colonnades, les fragments de sculptures, les sarcophages ornés de bucranes, de guirlandes, de bustes en relief, accusent un art grossier. L'intérieur de l'Asie-Mineure est assez pauvre en monuments de la belle époque de l'art. Ce qui attire l'attention du voyageur, ce sont les médailles, les inscriptions, qui sont d'un secours inestimable pour restituer la vie politique et municipale de ces cités asiatiques, hellénisées par la conquête macédonienne et par les nombreuses colonies grecques établies sur les côtes; ce sont surtout les monuments d'une religion très particulière qui conserva, dans une fusion imparfaite avec les religions de la Grèce, tous ses caractères originaux. Les cultes

Maison turque, à Aghlasoun.

religieux de l'ancienne Phrygie et de la Pisidie n'ont pas encore livré tous leurs secrets. C'est là qu'il faut rechercher l'origine de bien des mythes helléniques répandus plus tard dans tout le monde ancien.

Le petit village d'Aghlasoun, tapi dans la verdure, au milieu de vergers et de jardins, est situé à une lieue et demie des ruines, au pied de la montagne. Dans toute la région comprise entre les hautes cimes du Taurus pisidien et la mer, le terrain s'abaisse graduellement, en formant de larges terrasses; la dernière borde l'étroite bande de terre qui longe le rivage entre les massifs du Siwri-Dagh et la pointe de Kara-Bouroun; c'est l'ancienne Pamphylie. Au départ d'Aghlasoun, la route est charmante. On s'engage dans des chemins creux, bordés de noyers auxquels s'enlace la vigne vierge; la végétation est tout européenne, et l'on pourrait se croire dans les allées d'un parc. Bientôt le plateau se dénude, et les champs de seigle et de blé succèdent aux hautes futaies. L'horizon est fermé par des chaînes de montagnes qui sont comme les bordures de chaque plateau; rien de plus monotone que ces heures de marche vers la mer, que l'on espère à tout instant voir apparaître au-dessus de la ligne bleue des dernières montagnes. Tandis que l'on chemine ainsi, bercé par la lente allure du cheval, l'esprit s'assoupit, et s'abandonne à cette demi-rêverie qui est le charme du voyage en Orient. Si par hasard on croise quelque caravane venant d'Adalia, la rencontre est presque un événement. Voici une caravane de chameliers qui se rend à Boudjak; la longue file de chameaux chargés de tapis et d'étoffes multicolores passe gravement, conduite par un petit âne noir; sur le flanc de la colonne marchent les chameliers armés jusqu'aux dents, avec qui l'on échange les souhaits d'heureux voyage. Puis l'on continue sa route jusqu'à ce que le soleil touchant à l'horizon et les ombres s'allongeant annoncent qu'il est temps de songer à la halte.

Après une nuit passée au petit café de Susuz et une demi-journée de marche, nous atteignons le dernier col qui nous dérobe encore la vue de la mer. Nous rejoignons une caravane de muletiers, qui ont déjà comme compagnons de voyage un papas grec et un Moréote d'Adalia. Précédée par la file des mulets, toute la troupe se remet en route au bruit des armes à feu que déchargent les muletiers en belle humeur. La nuit nous surprend à la sortie du col, et il faut camper sous une sorte de hutte en feuilles sèches, dans un terrain bas et marécageux. A une heure de là, il y a un khan bâti en briques; mais il ne sert que pendant l'hiver, et rien ne déciderait les Turcs à le faire ouvrir pendant la belle saison.

L'heure de la halte est par excellence, en Orient, l'heure des causeries. Les chevaux dessellés, le repas terminé, que peut-on faire de mieux que d'écouter ses compagnons de voyage? Le papas nous raconte son histoire. Il est Chypriote; il habitait paisiblement son petit village, quand, le papas étant venu à mourir, les Grecs de sa communauté l'ont désigné pour succéder au défunt. Le voilà étudiant pendant deux ans à Nicosie, par ordre de l'archevêque, et devenant papas un peu malgré lui. Il lui a fallu payer son ordination, et maintenant il vit misérablement d'une maigre rétribution sur le fonds communal et de quelques dons en nature faits par les fidèles. Le village étant très étendu, il est obligé de rester chez lui à la disposition des fidèles, et ne peut ni cultiver un champ, ni exercer une profession manuelle pour faire vivre sa famille. Il se plaint de la situation précaire faite au petit clergé d'Anatolie; l'autorité des évêques est sans contrôle et les prélats en abusent souvent : il n'est pas rare qu'un prêtre grec paie à son évêque une véritable redevance annuelle, sans compter le rachat des interdictions dont il peut être frappé pour un motif souvent futile. Tout cela est raconté avec un grand air de résignation et de douceur; la figure, éteinte et grave, a quelque dignité grâce à la longue barbe que portent les papas grecs. Il faut reconnaître que, si ces plaintes sont fondées, le peu de valeur intellectuelle du bas clergé grec ne permet pas d'espérer une prompte réforme. L'ignorance et la superstition de certains prêtres dépassent toute mesure. Dans un village d'Asie-Mineure, un enfant était malade de la fièvre; le papas n'a rien trouvé de mieux pour le guérir que de lui faire avaler les cendres d'un petit papier où il avait écrit une formule magique. Tandis que dans un village grec le *didaskal* ou maître d'école est souvent d'un réel secours pour le voyageur en quête d'antiquités, le papas ne sait rien. Il arrive parfois d'ailleurs que les desservants des villages, contraints par la nécessité, exercent une profession manuelle, ce qui ne profite ni à leur dignité ni à leur instruction.

Après une courte halte consacrée à quelques heures de sommeil, on se remet en marche à travers une plaine marécageuse, semée de fondrières, et bornée vers la droite par les hauts massifs de l'Ala-Dagh, dont les contre-forts se prolongent jusqu'à la mer. Pendant les premières heures de marche, le froid humide de la nuit vous tient en haleine; nos compagnons s'amusent à décharger leurs fusils et leurs pistolets, et ces lueurs rapides qui jaillissent et s'éteignent aussitôt éclairent d'une façon étrange la longue file des cavaliers et des muletiers. Bientôt on est gagné par la fatigue et par cette sorte de torpeur où vous plonge la chevauchée de nuit; le silence succède aux cris et aux détonations bruyantes. Le soleil se lève enfin derrière un cirque de montagnes, et l'aube nous montre une vaste plaine couverte d'herbes rases, de lentisques et de bruyères. Çà et là, des campemens de bergers, des chevaux en liberté qui viennent hennir sur le passage de la caravane, et repartent à fond de train. Enfin, à la descente du dernier plateau, la mer apparaît, enserrée par un demi-cercle de falaises; on distingue les minarets d'Adalia, et la ceinture de jardins qui l'entoure. Une belle route empierrée, bordée de poteaux télégraphiques, mène à la ville, et bientôt nous arrivons au bazar ombragé de platanes et de vigne vierge grimpant le long des balcons de bois. C'est avec une sensation de bien-être délicieuse que l'on entre dans cette atmosphère fraîche, dans ces rues pleines d'ombre, toutes bruissantes de fontaines et remplies du bruyant va-et-vient d'un bazar oriental.

Golfe d'Adalia.

II

ADALIA, LA CILICIE-TRACHÉE, LE TAURUS

Adalia, 5 juin.

Adalia est la grande ville commerçante du littoral asiatique, depuis le golfe de Symi jusqu'à Mersina; aussi est-elle fort fréquentée par les marchands grecs qui viennent de Rhodes, de Smyrne et même de Salonique; ils s'établissent au khan ou dans les comptoirs voisins du port, y passent plusieurs mois et s'en retournent. Les trois khans de la ville sont occupés par cette population flottante. Heureusement, grâce à des négocians de Salonique, nous trouvons un gîte dans une jolie maison entourée de verdure, qui a été construite par un riche Grec d'Adalia pour servir d'hôpital (*nosokomeion*). Faute de malades, la maison abrite cinq ou six petits ménages de papas sans emploi et de marchands sans négoce. Tout ce monde vit en commun, et, le soir venu, se rassemble sous la vérandah pour prendre le frais; les femmes travaillent; l'un des papas enlumine à grand renfort de couleurs éclatantes des images d'Haghios Pandéléimon, sous le vocable duquel est placée la petite église de l'hospice. Il n'y a là, dans cette façon de faire et de comprendre la charité, rien d'humiliant pour celui qui la reçoit; le caractère grec ne comporte pas cette nuance : ce sont simplement des « frères » que l'on héberge en attendant des jours meilleurs.

On sait combien il est difficile en Turquie d'obtenir des renseignemens précis sur le chiffre des habitans d'une ville; aussi les renseignemens donnés par les voyageurs sur la population d'Adalia varient beaucoup. En 1811, le capitaine Beaufort évaluait ce chiffre à huit mille habitans, dont un tiers de Grecs (1); le consul français Corancez y comptait de quinze à vingt mille âmes (2). D'après des renseignemens plus récens, il y aurait environ vingt-six mille habitans, et sur ce nombre plus de deux cents familles grecques. Les Juifs forment une faible partie de cette population; on trouve aussi à Adalia des Arabes qui, venus à la suite d'Ibrahim-Pacha en Anatolie, se sont fixés dans cette ville; on les reconnaît aisément à leur traits fins et

(1) *Karamania, or a brief Description of the South Coast of Asia Minor, etc.*, 1811-1812.

(2) *Itinéraire d'une partie peu connue de l'Asie-Mineure;* Paris, 1816.

intelligens, qui contrastent avec la lourde physionomie des Turcs.

Le commerce est presque entièrement entre les mains des Grecs, qui occupent le haut quartier de la ville. Certaines maisons grecques ont un air de confortable et même de richesse, et rappellent les jolies demeures du quartier arménien à Smyrne. La disposition intérieure varie peu et témoigne du goût très vif qu'ont les habitans pour le chez-soi. Autour de la cour intérieure, bien ombragée, plantée de citronniers et d'orangers, règnent des vérandahs et des galeries supérieures en bois découpé; ce qui donne à ces maisons une physionomie singulière, ce sont les tourelles légèrement construites en échafaudages qui occupent le milieu de la cour. Chaque maison a la sienne; cette sorte de kiosque à plusieurs étages sert de séchoir dans la journée; le soir, c'est un belvédère commode pour contempler à l'aise la ville vue à vol d'oiseau, hérissée de minarets et de tourelles où nichent les cigognes.

Nous sommes reçus très cordialement par M. Pandéli Danieloghlou, l'un des membres les plus actifs et les plus influens de la communauté grecque. Il nous fait, avec une bonne grâce parfaite, les honneurs de son habitation et nous entretient de la situation des Grecs à Adalia. La communauté est riche et prospère; elle possède sept églises, des écoles de garçons et de filles, et envoie tous les ans plusieurs jeunes gens étudier dans les gymnases d'Athènes. Les Grecs intelligens s'intéressent avec passion à tout ce qui touche au royaume hellénique; pour eux, Athènes est comme la ville sainte; leur plus cher désir est que leurs fils puissent un jour la visiter, y étudier, voir ses monumens, sur lesquels ils nous interrogent avec une curiosité naïve.

Le chef officiel de la communauté grecque est l'archevêque. Nous recevons sa visite : c'est un beau vieillard, aux traits réguliers, portant avec une dignité majestueuse le costume ecclésiastique. Mais, au cours de la causerie, cette dignité s'éteint et fait place à une bonhomie familière qu'on retrouve souvent chez les membres du clergé grec. A sa sortie du *nosokomeion*, l'archevêque est salué avec respect par les Grecs, qui se prosternent sur son passage; les femmes lui présentent leurs enfants à bénir; les Turcs eux-mêmes se lèvent avec déférence. Ces hommages sont plus qu'un simple salut à la robe et ont un sens plus profond que les marques de respect données aux prêtres dans les villes d'Italie. L'archevêque est en effet le véritable patron des Grecs et comme leur *defensor* politique. Pour les raïas orthodoxes, la religion est une sorte de nationalité; c'est en elle que se réfugient toutes les aspirations et les espérances des races soumises; elle est le lien qui les rattache aux Hellènes d'Europe; aussi, en voyant les Grecs d'Adalia saluer avec vénération leur archevêque, on se prend à penser que ces hommages s'adressent au seul représentant officiel de la communauté grecque auprès d'une autorité sans contrôle et toute-puissante.

Le lendemain nous visitons en détail le quartier grec. Dans plusieurs maisons, on nous montre des domestiques nègres qui sont esclaves; c'est une rareté chez les Grecs; mais, bien que beaucoup de chrétiens d'Adalia aient rendu la liberté à leurs esclaves, plusieurs de ceux-ci l'ont refusée. Il leur suffirait, pour être libres, d'aller au konak invoquer la protection du moutésarif; mais cette indépendance, qui les laisserait sans moyens d'existence — le maître peut réclamer jusqu'à leurs vêtements — leur paraît moins séduisante que le servage. Ils ont d'ailleurs le plus souvent des maîtres doux et humains, et dans les maisons grecques on les

Au café de la Marine, à Adalia.

traite comme des domestiques libres attachés à la famille. Depuis les réformes d'Abdul-Medjid, l'esclavage est officiellement supprimé dans l'empire ottoman; pourtant, s'il n'y a plus de marché public d'esclaves, les Ottomans n'ont pas renoncé à ce genre de trafic, qui se pratique clandestinement à Constantinople, à Top-Hané. Il y a quelques années, à Trébizonde, des Turcs embarquaient à bord d'un bâtiment des Messageries maritimes une cinquantaine de jeunes Russes de Crimée, chrétiennes orthodoxes. Le consul de Russie, informé de leur origine, les réclame et veut s'opposer à leur enlèvement; les Turcs protestent, déclarent qu'elles sont musulmanes et qu'ils ont tous droits sur elles. Interrogées, les jeunes filles font la même réponse; on les comblait de cadeaux, on leur donnait des bijoux, des toilettes, et elles se trouvaient fort heureuses. Le consul s'avise d'un moyen qui consistait à les faire comparaître isolément devant lui et les officiers du bateau et à exiger d'elles le serment. L'une d'elles se trahit en faisant par mégarde le signe de la croix; les autres avouèrent qu'elles étaient chrétiennes, et Russes de nationalité; les consul les fit rapatrier. Il n'est pas rare que dans les ports du Levant l'autorité consulaire intervienne et empêche que des femmes chrétiennes soient victimes de ce commerce, hautement désavoué d'ailleurs par la Porte Ottomane.

Le quartier grec, la *marine* et le bazar, voilà les points où se concentre la vie active à Adalia. Rien de pittoresque comme ce joli port, enserré entre de hautes murailles crénelées dont la base disparaît sous les mousses, la verdure et les plantes grimpantes; à l'entrée se dressent deux piliers massifs d'appareil romain, restes des travaux qui avaient fait de l'antique Attalie une importante place maritime. Le port n'est guère fréquenté que pendant les mois d'avril et de mai; des vapeurs italiens, des navires de Rhodes, de Salonique, de Smyrne, y viennent charger le blé, le seigle et le sésame que produisent les vastes plaines de la Pamphylie. Passé ces mois, le port devient presque désert, à cause de la difficulté du mouillage ; on n'y voit guère aborder que les petits caïques de la côte et les vapeurs anglais qui font le service entre Adalia, Rhodes et Smyrne. Une population oisive de marins et de commerçants vient s'installer pendant de longues heures dans les petits cafés bâtis sur pilotis qui bordent la *marine ;* on y fume des narghilés, on cause ; la vapeur odorante du *tombéki* et des conversations interminables, que faut-il de plus pour occuper toute une demi-journée dans cet Orient où le temps a si peu de prix ?

La ville est entourée d'une enceinte de murailles qui laisse en dehors le bazar et la *marine*, et enferme une portion considérable de la cité, que les Turcs appellent le *kalé*. Du côté de la mer, les murailles sont assises sur un rocher à pic et dominent d'une hauteur de 400 mètres les flots qui viennent battre la base du rocher. L'appareil de ces murs, qui se développent en longues courtines reliées entre elles par des tours carrées, rappelle de très près celui des murs de Constantinople. Les assises inférieures sont formées de pierres de taille antiques, tandis que la partie supérieure présente une construction irrégulière où l'on remarque çà et là quelques débris helléniques encastrés dans la maçonnerie (1). A l'angle nord-ouest de la partie qui paraît répondre à l'ancienne citadelle, une tour antique, une porte ornée de chapiteaux et d'un entablement du temps de Trajan, offrent de curieux débris ; à l'époque

(1) Voir la description sommaire des antiquités d'Adalia, donnée par M. G. Hirschfeld dans les *Monatsberichte der Königl. Preussisch-Akademie der Wissenschaften* de Berlin, novembre 1874. Ces renseignements complètent ceux qu'on trouve déjà dans Ritter : *Die Erdkunde : Klein-Asien*, II, p. 641 et suivantes. Voir aussi J. Davis, *Anatolica*, pp. 210-211 ; Londres, 1874.

byzantine, on a eu quelque souci de recueillir des membres d'architecture antique et de les enchâsser, un peu au hasard, dans les murs des tours et des courtines.

Aujourd'hui, ces murailles sont dans l'état d'abandon le plus complet. Du côté du port, les pans de murs aux teintes dorées, crevassés par le temps, sont à demi envahis par une végétation vigoureuse qu'entretient la fraîcheur d'un petit ruisseau coulant dans l'ancien fossé. Près d'une poudrière qui surmonte un reste de tour antique, une sentinelle turque sepromène indolemment derrière les créneaux ruinés et de temps à autre regarde vers le port d'un air nonchalant; mais seuls les caïques marchands de Rhodes ou de Samos se balancent dans la rade paisible que ne défendent plus les lourdes chaînes de fer autrefois brisées à coups de canon par les galères vénitiennes de Mocenigo.

Entre les murailles et le phare, situé au sud-est sur une pointe de rochers, s'étendent des jardins et des vergers qui sont la promenade habituelle de la population grecque aux jours de fête. Les femmes, richement vêtues de l'élégant costume anatolien, où dominent les couleurs claires, se répandent en groupes dans les vergers et vont s'asseoir sur la crête de la falaise; on aperçoit de là toute la ligne des côtes qui ferment la baie, profondément découpées, couronnées de verdure et sillonnées de cascatelles qui tombent bruyamment dans la mer d'une hauteur de plus de 10 mètres; elles sont formées par des canaux dérivés du Douden, qui coule à quelques lieues d'Adalia. Strabon avait déjà signalé ce fleuve appelé *Cataractes*, « qui tombe comme un torrent du haut d'un rocher et dont le bruit reten-

Les murs du Kalé, a Adalia.

tissant s'entend au loin. » Aujourd'hui ses eaux sont amenées dans les jardins par des conduits de dérivation formant autant de cascades le long de la falaise. Les Grecs prétendent que ces eaux douces font perdre à la mer sa saveur salée dans la baie d'Adalia.

Si l'on redescend dans le quartier turc, on est frappé par un air de délabrement et un aspect morne qui contraste avec l'activité du quartier grec. Les maisons noires, aux murs percés de fenêtres rares, sont absolument closes; près d'une mosquée, une fenêtre grillée est surchargée de lambeaux d'étoffe attachés aux barreaux : c'est la maison d'un derviche mort en odeur de sainteté, et ces lambeaux de vêtements sont des ex-voto déposés là par des malades qui implorent l'intercession du saint. Sauf quelques vieillards en longue robe et en turban accroupis sur des bancs, les rues sont désertes, et aucun bruit n'en trouble le silence, si ce n'est, près de quelque mosquée, la voix monotone et nasillarde d'un mollah qui explique le Coran à ses élèves. Rien n'éveille mieux pour un Européen l'idée de la vieille Turquie, fermée à toute idée étrangère à ses traditions et endormie dans sa nonchalance.

Alaya, 9 juin.

Nous quittons Adalia dans un caïque arabe, pour gagner par mer la côte de Cilicie, tandis que nos chevaux prennent la route de terre. Le bateau longe la côte de Pamphylie, basse et dénudée, formant une ligne continue, à peine rompue çà et là par des groupes de palmiers. Vers Eski-Adalia, la côte se relève insensiblement, jusqu'au cap Kara-Bouroun, où aboutissent les premiers contreforts de la chaîne de l'Imbarus. Il est presque nuit quand nous doublons les énormes rochers noirs, posés obliquement, qui ont fait donner au promontoire le nom de *Cap Noir*. Ils s'élèvent fièrement au-dessus d'une mer unie, blanchâtre qui nous remet en mémoire les vers de d'Aubigné :

La lame de la mer était comme du lait,
Les nids des alcyons y voguaient à souhait.

Le lendemain comme la veille, la mer est d'un calme parfait; il faut se résigner à ces longues heures passées à l'ombre de la voile, pendant lesquelles rien ne vient occuper l'esprit. Tandis que l'œil suit les teintes changeantes de la mer et la silhouette des montagnes, la pensée est bercée dans une sorte de rêverie vague qui fait oublier la lenteur du trajet; le souvenir de nuances ondoyantes et variées, un grand sentiment de monotonie, voilà tout ce qui reste de ces heures oisives et vides. Enfin le caïque aborde au petit port d'Alaya, sur la côte de la Cilicie-Trachée.

Rien de plus étrange que le premier aspect de cette ville, posée sur la pente raide d'un promontoire rocheux, se rattachant à la terre ferme par une étroite langue de terrain. Du côté opposé à la ville, le roc est taillé à pic et plonge droit dans la mer; l'étroit plateau qui court au sommet et forme comme l'arête de ces deux coupures est occupé par la forteresse ou *kalé*. Un mur d'enceinte, crénelé, enserre toute la ville, qui, vue du port, se dessine sur le flanc du rocher comme sur un plan. Les petites maisons de bois grimpent le long de la pente escarpée, séparées par des ruelles pa-

UNE RUE D'ALAYA.

rallèles; chaque rangée de toits sert de terrasses aux maisons de file supérieure, et la ville s'étage ainsi, comme un troupeau de chèvres accrochées aux aspérités d'un roc. La partie de la muraille voisine du port est flanquée de deux tours appelées l'une *Tersana,* l'autre *Khizil-Koulé* (la tour rouge) : cette dernière, de forme octogonale, et bâtie en briques rouges, commande l'entrée de la baie aujourd'hui presque déserte. Le mouillage est difficile; des rochers à fleur d'eau imposent aux mariniers de grandes précautions; aussi le port n'est-il guère fréquenté que par les caïques qui viennent y charger le bois apporté de la montagne, comme au temps où les pentes de l'Imbarus fournissaient aux chantiers de l'Égypte les matériaux de construction pour les flottes royales.

La population de la ville compte deux mille habitans, dont cinq cents Grecs seulement. Ici les Grecs sont de vrais raïas et tremblent devant les Turcs. L'indice le plus sûr de la prospérité d'une communauté hellénique en Turquie, c'est l'école; à Alaya, elle est misérable. Quelques enfans, à la mine effarouchée, apprennent le grec à l'aide de livres imprimés en caractères turcs; le *didaskal*, jeune Grec d'Adalia, est découragé de son exil; il nous confesse qu'il n'a pas encore osé monter au *kastro*, par peur des Turcs, « qui l'en chasseraient à coups de pierres. » Fondée ou non, cette terreur est commune à tous les Grecs d'Alaya, et il nous faut prendre un guide turc pour visiter cette partie de la ville.

L'ascension du kastro est rude; mais on est largement récompensé de sa peine par un panorama d'une véritable grandeur. Quand on a franchi une série de poternes armées de herses et gravi l'escalier à demi écroulé qui serpente le long du roc, on embrasse d'un coup d'œil la haute chaîne neigeuse de l'Imbarus, qui ferme l'horizon; aux teintes violettes des montagnes, au bleu doux et profond de la mer, s'opposent vigoureusement les tons roux et chauds des vieilles murailles, et la masse noire des maisons d'Alaya échelonnées jusqu'au rivage. Le kastro, aujourd'hui démantelé, sert d'asile à une douzaine de familles turques et arabes établies sur la plate-forme. Les maisons sont enfouies sous le feuillage d'énormes figuiers, au milieu desquels une mosquée en ruines montre ses coupoles crevassées, et son minaret décapité. Un peu plus loin, une église byzantine à demi détruite offre encore sur ses murs martelés par les balles des traces de peintures : on reconnaît sur les pendentifs les quatre évangélistes. Le kalé marque l'emplacement occupé par l'acropole de la ville antique de Koracésion; on y retrouve des fragmens de murailles cyclopéennes et des murs de l'époque hellénique; une des portes, construite en énormes pierres massives, et surmontée d'un linteau monolithe, rappelle, avec un appareil plus soigné et des montans moins évasés, la porte des Lions de Mycènes. Au temps des Séleucides, la forteresse était le principal repaire des pirates ciliciens qui écumaient la mer, et faisaient des razzias d'esclaves syriens pour lesquels le marché de Délos leur offrait un débouché commode. A voir ce véritable « nid de corbeaux », on comprend l'immunité dont les pirates jouirent jusqu'au jour où la campagne de Pompée les eut réduits et vaincus. Le général romain rasa le château de Koracésion bâti par le pirate Diodote Tryphon et rendit la sécurité à la navigation marchande.

Depuis la fin de la domination des Seldjoukides, la forteresse est abandonnée; mais ces ruines imposantes sont égayées par les pittoresques masures qui se sont élevées au milieu d'elles, et par les scènes variées de la vie en plein air. Comme nous quittions le kastro, un groupe de jeunes filles puisait de l'eau à une fontaine dans de grandes jarres d'argile; simplement coiffées de fez ornés de sequins, et sans voiles, elles offraient tous les traits du type arabe, l'ovale allongé, les yeux un peu obliques, une grande élégance d'allures; en soutenant de leurs bras nus les vases posés sur leur tête, elles prenaient des attitudes d'une rare noblesse, qui rappelaient ce que l'art antique a produit de plus fin et de plus achevé.

Le lendemain, apprêts de départ. Le moutésarif, que nous avons vu la veille au konak, entouré de son medjili ou conseil, nous a promis un zaptié d'escorte. A l'heure dite arrive un capitaine qui s'installe près de nous, inspecte nos armes et nos bagages, et allume un narghilé. Après une longue visite silencieuse, il nous dit qu'il est impossible de trouver des zaptiés; en revanche, il nous propose comme guide son oncle, vieux Turc à mine débonnaire, coiffé d'un énorme turban vert et armé d'une ombrelle. « Les effendis lui donneront un bon bakchich, car la route est fatigante. »

Khilindri, 21 juin.

« Nous feismes bon feu toute la nuict, et partismes avant jour, et cheminasmes à l'obscur en la campagne; et lorsque le jour fût venu, retournasmes au rivage de le mer... Nous veoyons aussi le mont Taurus, qui apparaissoit de bien loing devant nous, estendu en long, qui desjà commençoit à estre couvert de neige par le coupet (1). » Rien n'a changé depuis Pierre Belon, pour le voyageur qui s'engage dans la Cilicie-Trachée. D'Alaya à Anemour, les incidens de la route sont peu variés, et l'intérêt du trajet consiste surtout dans le spectacle toujours changeant de la côte cilicienne. On chemine avec « la mer à dextre et le mont à senestre; » tantôt on suit le bord de la mer, dont les lames courtes viennent jeter leur écume sur le sabot des chevaux, tantôt le sentier s'élève dans la montagne qui, tombant presque à pic dans la mer, ne laisse pas même un mince cordon de plage. La route, si l'on peut appeler ainsi un vrai sentier de chèvres, suit à leur base les pentes du Cragus, qui dessinent une côte finement découpée, serrant partout la mer de très près; c'est un des côtés de l'énorme massif formé par les chaînes et les plateaux du Taurus Cilicien (2). Des petits cours d'eau, aux rives ombragées de lauriers roses, sillonnent la côte; on franchit le plus important, le Bouchakdji-Tschaï, sur un pont d'une seule arche, de fière tournure, et l'on arrive aux hameaux épars dont l'ensemble porte le nom de Selindi. Des ruines de l'époque romaine, un aqueduc, des restes de thermes, marquent la place où s'élevait la ville antique de Selinus, entre les villages modernes et la mer. Elles s'étendent dans une vallée basse et marécageuse, à l'endroit où le Cragus s'éloigne le plus de la côte.

(1) *Les Observations de plusieurs singularitez et choses mémorables trouvées en Grèce, Asie, etc.*, par Pierre Belon, du Mans, 1588.

(2) Voir Tchihatchef, *Asie-Mineure*, ch. II, p. 79 : Géographie physique.

Journée de marche jusqu'à Kharadran. Cette route le long du Cragus offre les beautés les plus sauvages. Il faut gravir les flancs de la montagne, souvent à de grandes hauteurs; parfois les nuages chassés par le vent de mer nous enveloppent d'un brouillard humide et froid; les chevaux n'avancent qu'avec précaution sur l'étroit sentier à peine tracé. Aussi est-ce avec surprise que nous trouvons, à deux heures de Kharadran, une belle route carrossable, bien entretenue, s'ouvrant en pleine montagne; elle a été construite par des négocians grecs, qui font le commerce des bois de construction, et le gouvernement turc n'y est pour rien. Les quelques kilomètres de routes que nous avons pu voir dans le sud de l'Asie-Mineure sont dus exclusivement à l'industrie privée ou à la philanthropie des beys assez riches pour doter leurs districts de ce luxe si rare en Turquie. Aux environs des villes, on voit, il est vrai, de courts tronçons de routes bien empierrées; on les montre au vali, quand il visite le sandjak; on l'assure, en fort belles phrases, que les travaux sont activement poussés. Mais les choses en restent là, et qui sait entre quelles mains se fond l'argent destiné à l'achèvement de ces tronçons illusoires! Lorsque, sur les instances de lord Stratford, le gouvernement ottoman se décida à faire une route de Trébizonde à l'Euphrate, on en construisit 2 ou 3 kilomètres; puis le pacha, gagné par les Russes, empocha l'argent des deux côtés, et revint à Constantinople quand le projet fut oublié.

Kharadran n'est qu'un hameau de cinq ou six maisons. On n'y trouve plus aucune trace de l'antique Charadrus, mentionné par Strabon. Il est probable que la ville ne comportait guère qu'un port et des comptoirs, protégés par une forteresse. Tel était le caractère d'un grand nombre de villes ciliciennes; Strabon, en parlant de Séleucie, remarque que la cité était très peuplée et différait en cela des autres villes de la Cilicie. De Kharadran à Anemour, la côte est déserte. Si on la quitte pour s'enfoncer un peu dans la montagne, on ne rencontre que de misérables huttes, habitées par des campagnards ciliciens. Ce ne sont guère que des installations d'été, établies auprès d'enclos à battre le blé où les paysans promènent de larges planches armées de pointes en silex; cette méthode primitive de battre le blé s'est conservée dans presque toute l'Asie-Mineure. Le type des habitans change à mesure que l'on s'avance dans la Cilicie. Au lieu du front fuyant, des mâchoires saillantes, du visage allongé que l'on observe dans la Phrygie et la Pamphylie, les montagnards ciliciens ont le profil droit, le front bombé, le menton carré et fort, le galbe lourd et la démarche pesante. La coiffure est un simple bonnet blanc, sans fez, et ils portent pour tout costume une tunique et un pantalon de toile blanche, qui remplacent la longue robe de cotonnade rayée des paysans turcs de l'intérieur.

Anemour se compose de plusieurs villages, Orta-Keuï, Tchü-Rak, etc., qui s'échelonnent sur les pentes les plus basses du Gutché-Dagh, au point où la côte d'Asie est le plus rapprochée de l'île de Chypre. A Tchü-Rak, on trouve environ soixante-dix familles grecques et une église orthodoxe. Le village est joli, d'aspect riant, égayé par des groupes d'ormeaux où nichent des cigognes. Toutes les terrasses sont surmontées de petits kiosques ouverts de tous les côtés, qui servent aux Turcs de chambres à coucher d'été. Nous visitons les ruines de l'ancien Anemurium qui sont de l'époque byzantine. Surprise en pleine prospérité par la conquête ottomane, la ville abandonnée s'est ruinée peu à peu; les murailles du kastro, posé comme celui d'Alaya sur un promontoire élevé, enserrent des groupes de maisons envahies par les mousses et les pariétaires. Quelques-unes se sont conservées presque intactes, et présentent l'aspect désolé des ruines récentes et vulgaires, que le temps n'a pas consacrées. En dehors de la ville, de curieux édifices offrent à l'archéologue d'intéressans sujets d'étude. Il faut sans doute reconnaître des tombeaux dans ces constructions qui à l'extérieur ont toute l'apparence d'une maison d'habitation, et à l'extérieur sont ornées d'un revêtement de stuc; des rinceaux, des arabesques courent le long des parois et entourent des niches creusées dans l'épaisseur du mur. Ce sont de véritables *columbaria* byzantins.

A Anemour, nous renvoyons notre zaptié pour prendre un guide du pays, plus utile, et connaissant mieux les routes. Le zaptié d'escorte est d'un faible secours dans les pays de montagnes. Tous ceux que nous avons emmenés jusqu'ici, Osman, Ali, ou Méhémet, mettaient une sorte de point d'honneur à ne rien faire. Dans les pas difficiles, le zaptié fume indolemment sa cigarette sans se déranger; à la halte, il ne dit mot. Vêtu d'un uniforme en lambeaux, à peine armé le plus souvent, il représente l'autorité par sa seule présence; c'est son rôle, et rien ne pourrait l'en faire sortir. Musulman d'ailleurs assez peu rigide, il ne se fait pas faute de violer à l'occasion la loi du Prophète. En nous quittant, Méhémet vient à nous, un grand verre de raki à la main, et après l'avoir bu : « Le Christ est vainqueur! » nous dit-il d'un air mélancolique. Voulait-il dire à sa façon que les lois de l'Islam ne sont plus strictement observées? A ce compte, bien des pachas font « triompher le Christ » plusieurs fois par jour.

Deux jours de marche séparent Anemour de Khilindri. Nous pouvons voir longtemps la silhouette de l'île de Chypre, dont le bleu pâle se confond presque avec celui du ciel. A quelques heures d'Anemour, nous laissons sur la droite les belles ruines d'un château turc, de l'époque seldjoukide. A l'intérieur, c'est une véritable petite ville; rien n'y manque, ni la mosquée, ni le konak, ni le harem et ses vastes dépendances. Les murs épais et crénelés, les portes disposées obliquement pour éviter toute surprise et mettre l'assaillant à découvert, montrent un savant appareil de défense. Ces ruines éveillent l'idée de la vie féodale telle que l'avait faite le moyen âge ottoman, et dont il ne reste plus trace dans la Turquie contemporaine. L'esprit militaire a disparu; les beys ne sont plus que de grands propriétaires campagnards, vivant du produit de leurs terres et des revenus de leurs troupeaux; on dit d'un bey, pour évaluer sa fortune, qu'il a cent ou deux cents chameaux.

Khilindri est un petit port marchand, assez fréquenté dans la belle saison. Aussi la ville s'agrandit, et des maisons neuves s'élèvent autour de la baie. C'est à cette activité qu'il faut attribuer la disparition rapide des ruines de l'antique Celenderis, à laquelle la ville moderne a succédé. En 1853, M. Victor Langlois y avait vu un aqueduc, un château ruiné, et de nombreux édifices funéraires (1). On les chercherait vainement aujourd'hui. Les maçons de Khilindri n'ont respecté qu'un joli petit édifice, monument honorifique ou tombeau qui paraît être une imitation lointaine du tombeau de Mausole. On sait que ces sortes de réplique d'un type célèbre n'étaient pas rares en Asie-Mineure. Le monument de Khilindri a la forme d'un édicule porté sur un soubassement; les pilastres d'angles, à chapiteaux très fouillés, sont réunis par un cintre, et soutiennent une pyramide quadrangulaire, aujourd'hui tronquée. L'édifice, construit en beau marbre blanc, est malheureusement destiné à fournir tôt ou tard des matériaux pour les maisons de la ville moderne.

Khilindri n'a pas de khan : le voyageur doit se contenter du gîte qu'il trouve en plein air sur les bancs d'un petit café, au bord de la mer. Les Grecs y sont en petit nombre et pauvres; ils sont marchands, cafetiers ou mariniers. A mesure qu'on avance vers le golfe de Syrie, ils deviennent de plus en plus rares, et leur condition est plus humble.

Dans le Taurus, 25 juin.

Nous emmenons de Khilindri un guide grec, Barba-Janni. C'est un gros homme jovial, monté sur un petit âne, qu'il écrase de son poids. Malgré son assurance, il est facile de voir qu'il connaît fort peu le pays; mais rien ne le décourage; chaque détour inutile nous vaut un long discours, pour nous prouver que, le pays étant

(1) *Voyage dans la Cilicie et dans les montagnes du Taurus*, par Victor Langlois, 1852-1853, dans *le Tour du Monde*.

très beau, on ne saurait se lasser de le voir. Barba-Janni est un mauvais guide, mais la route dans le Taurus est en effet fort belle. Quand on a depassé les villages de Kourtoulou et de Hadji-Baba, et que l'on s'est engagé dans le massif cilicien, on découvre à chaque pas les beautés les plus sauvages : ce ne sont plus les vertes vallées de la Lycie; c'est l'aspect sévère de la roche nue, la maigre verdure des chênes-verts et des lentisques. Par ces ardentes journées de juin, sous un soleil de feu, les petits accidents de terrain se fondent en une masse lumineuse, et le paysage se dessine par grandes lignes, accusant nettement les hardies découpures des hauts sommets du Taurus. Il est presque nuit quand, après une longue journée de marche, nous arrivons au *yaïla* de Drou-Hân, où les paysans du bas pays, chassés par la chaleur, ont installé leur campement d'été. L'aspect de cette petite vallée, fermée par des murs de roches grises, éveille des souvenirs bibliques : à voir les tentes et les huttes dressées au milieu des chênes-verts, les troupeaux paissant en liberté, on songe aux tribus nomades vivant de la vie patriarcale et dressant leur tente où le hasard les conduit. C'est l'heure où, devant chaque hutte de branchages, les femmes préparent le repas du soir; des colonnes de fumée montent droit dans l'air; les hommes aux figures bronzées, vêtus de longues tuniques blanches, reviennent des champs, poussant devant eux leurs chevaux et leurs bœufs. Ces gens nous accueillent avec méfiance; mais, après quelques pourparlers, ils s'empressent autour de nous. Barba-Janni nous confesse qu'il nous a fait passer pour des médecins, et notre drogman soutient l'honneur de la médecine européenne en distribuant aux paysans assemblés des remèdes inoffensifs. Aussi le soir, à la veillée, tous les hommes du yaïla viennent-ils se grouper autour de notre feu, qui éclaire vivement des visages aux traits hardis, aux yeux curieux. Une querelle s'engage entre deux paysans, au sujet d'un champ contesté; la veillée terminée, les deux adversaires se retirent chacun dans sa hutte, et continuent à s'injurier de loin, comme des héros d'Homère; les paroles alternées se croisent bien avant dans la nuit, quand tous les feux sont éteints, et l'on n'entend bientôt plus d'autre bruit dans le yaïla que le son des voix lointaines qui se répondent à intervalles réguliers.

Au yaïla de Drou-Hân.

Le lendemain, route en montagne. On traverse une suite de plateaux, enfermés entre des murailles de rochers gris, et reliés entre eux par de longs couloirs. Parfois des barrières de bois ferment ces issues naturelles, quand les plateaux sont cultivés. Il n'y a pas de traces d'habitation. Bientôt apparaissent les cèdres; les cultures deviennent plus rares à mesure qu'on s'élève; le sentier longe de hautes murailles de rochers qui souvent surplombent le chemin à peine frayé. La nuit est venue depuis longtemps, et nous cherchons encore à l'aventure quelque feu qui nous indique un yaïla ou un campement de bergers. Enfin les chevaux s'arrêtent brusquement sur la crête d'un ravin au delà duquel une lumière brille entre des arbres; avertis par nos coups de fusil, deux Turcs armés de brandons enflammés viennent éclairer notre descente, et nous conduisent à un campement d'été installé sous de magnifiques noyers. Une famille grecque de Chypre y vit en bonne intelligence avec quelques paysans turcs du village de Geuzen-Dî. Le mari récolte les glands du chêne valanède qui croît en abondance dans ces régions perdues, et gagne quelque argent, sans payer aucune redevance au gouvernement; les forêts appartiennent à qui veut bien les exploiter. L'été, toute la famille vient s'établir sous ces noyers, qui ombragent une petite source; quelques tapis, des ustensiles de ménage composent tout le mobilier. Ces braves gens vivent fort tranquilles; leur seul regret est de ne pouvoir aller à Khilindri faire baptiser leurs enfants; quant à faire venir le papas, il leur en coûterait trop cher.

On peut cheminer de longues journées dans le Taurus sans que rien vienne troubler la paisible rêverie qui berce l'esprit, entretenue par le spectacle toujours renouvelé des formes et des couleurs. Toute trace d'activité humaine a disparu; c'est la solitude la plus complète. A l'extrémité du large plateau que borde la vallée de l'Ermenek-Sou, nous atteignons le petit village d'Aourouka : il n'y a pas âme qui vive; les maisons ont été abandonnées par les habitans, qui ont fui la chaleur et les fièvres. Ces misérables demeures, à peine élevées au-dessus du sol, sont groupées autour d'un rocher nu, travaillé de main d'homme : des marches taillées

Aourouka.

dans le roc, comme sur la colline de l'Aréopage à Athènes, une petite esplanade entourée de murs en ruines, montrent qu'il y avait là une de ces forteresses si fréquentes en Cilicie. La position domine un des cols qui traversent le bord très relevé du plateau, et descendent directement dans la vallée de l'Ermenek-Sou; c'est la clé de l'une des passes du Taurus Cilicien. On est enfermé de tous côtés par d'âpres murailles de rochers grisâtres, d'une teinte uniforme, et qui réfléchissent une lumière intense. L'œil est fatigué de cette clarté impitoyable, qui pénètre jusque dans les profondes déchirures de la montagne et se répand par larges nappes sur les flancs arides du Taurus. Quand la nuit tombe enfin sur ces hauts sommets, c'est avec une sorte de soulagement que l'on se sent échapper pour quelques heures à la persécution de la lumière. Le soir ramène aussi dans ces régions désolées quelques apparences de vie : à de grandes hauteurs, dans la montagne, des feux lointains s'allument; ce sont les foyers des yaïlas où se sont réfugiés les habitans des villages désertés. Tous ces points lumineux brillent dans la nuit, et l'on songe sans peine aux vers où Homère décrit les feux des Troyens épars dans la plaine : « Ainsi lorsque sur la voûte céleste les étoiles, autour de la lune éclatante, apparaissent dans toute leur beauté; lorsque pas un souffle ne trouble la sérénité de l'éther : les rochers, les hautes cimes des monts, les vastes forêts se dessinent vivement; l'immense profondeur des cieux semble ouverte, et tous les astres étincellent... Ainsi les feux des Troyens brillent devant Ilion. »

Ermének, le 26 juin.

D'Aourouka, deux jours de route conduisent à Ermének; on remonte la vallée de l'Ermének-Sou, l'ancien Calycadnus, que l'on traverse sur un beau pont d'une seule arche, orné d'inscriptions turques. Tous les renseignemens que nous pouvons obtenir sur la ville, en interrogeant des bergers, se réduisent à ceci : « L'eau y est très abondante et très fraîche. » Ermének paraît en effet un lieu privilégié après ce rude voyage dans les régions pétrées du Taurus. A peine a-t-on franchi la première zone de vergers qu'on éprouve une sensation de bien être : une belle cascade bondit sur les rochers, et des ruisselets d'eau limpide courent à travers les jardins, dans les rues de la ville, entretenant une riche végétation d'amandiers, de figuiers, mêlés aux arbres d'Europe. Ce bruissement d'eaux accompagne le voyageur jusqu'au bazar, dont la rue est recouverte d'un épais dôme de feuillage.

Ermének est trop peu fréquenté par les étrangers pour qu'il y ait un khan passable. Nous trouvons fort à propos une maison vide qui nous sert de gîte. De la terrasse, ombragée par un énorme peuplier blanc, on aperçoit toute la ville, bâtie en amphithéâtre; elle s'adosse à une haute falaise, découpée bizarrement et percée de grottes naturelles. Trois Arméniens et un marchand grec forment toute la population chrétienne. Aussi, au bout d'une heure, tous les habitants d'Ermének non musulmans se trouvent-ils réunis sur notre terrasse; la soirée se passe, par un beau clair de lune, à écouter de ces propos où les souvenirs de voyage, les légendes, les anecdotes tiennent la plus grande place. C'est dans ces causeries qu'apparaît le plus nettement le tour d'esprit particulier à l'Oriental; quelle que soit la race ou la religion, il y entre toujours une part d'enfantillage, d'imagination crédule et confiante. L'antiquité surtout est une source inépuisable de légendes; il faudrait remonter, en Europe, jusqu'aux chroniques du XIIe siècle, pour la trouver défigurée avec la même naïveté. L'un de nos causeurs nous vante les vertus d'une médaille mystérieuse qu'il possède : posée sur la pâte, elle fait aussitôt lever le pain, et elle peut transformer immédiatement le lait le plus frais en *yaourt* ou lait caillé. Il nous montre sa médaille, qui est une monnaie antique, un bronze romain de l'époque impériale. Un autre nous conte l'histoire du roi des serpens (*Vasilefs tôn Phidiôn*) caché à Constantinople, près de la mosquée du sultan Achmed. Tous les voyageurs qui ont visité Stamboul ont vu sur la place de l'At-Meïdan les débris de la colonne de Delphes, faite de trois serpens de bronze enlacés, et portant sur ses replis les noms des villes grecques qui combattirent à Salamine et à Platées. Les Grecs Byzantins la prirent pour une œuvre du démon, et un patriarche de Constantinople la mutila à coups de hache. Aujourd'hui encore, la superstition populaire croit à l'existence d'un dragon diabolique, retenu prisonnier dans un souterrain non loin de l'ancien hippodrome. Les faits les plus récents ont aussi leur légende. Les incidents sont si rares dans cette vie monotone de l'Oriental, perdu au cœur des montagnes, qu'ils ne tardent pas à prendre des proportions excessives; on les raconte, on les embellit, et un fait très simple devient une histoire invraisemblable. C'est en Orient qu'on s'explique le mieux par quel jeu facile d'imagination se sont formées les légendes populaires. Un Européen à l'esprit critique, habitué à faire rapidement le départ du vrai et du faux, imagine difficilement avec quel plaisir l'Oriental, surtout le Grec, se laisse aller au charme de ces récits et perd de vue la réalité. L'homme se trouve rarement aux prises avec les nécessités de la vie active, qui le forcent à mesurer la valeur des choses et l'esprit travaille à vide. On trouverait dans les îles de l'archipel grec des légendes vieilles de vingt ans, dont le point de départ est un fait insignifiant. Tandis que la causerie se poursuit sur notre terrasse, nous pouvons apercevoir, sur celles des maisons inférieures, des Turcs assemblés autour d'un vieillard dont la voix grave arrive jusqu'à nous. C'est un imam qui raconte les nouvelles les plus récentes de l'Herzégovine et excite les mulsumans à la guerre sainte.

Il ne reste pas à Ermének de trace de la ville antique, Germanicopolis. Seules, les falaises offrent les vestiges d'une chapelle chrétienne : elle était établie dans l'une des grottes naturelles et décorée de peintures; mais le fanatisme turc a fait disparaître en grande partie les fresques peintes sur la paroi du rocher; les têtes des personnages ont été grattées, et ce qui reste a servi de cible aux tireurs musulmans.

En ce moment, la ville est pleine de troupes qui vont s'embarquer à Sélefkeh; le konak, grande masure délabrée, est encombré de nizams et de rédifs, et le kaïmacam partage l'autorité avec un commandant militaire. Ce pauvre magistrat a d'ailleurs l'air fort do-

A Ermének.

lent; il est à peine remis d'une mésaventure qui lui est arrivée il y a quelques jours. Nommé récemment à Ermének, il venait prendre possession de son poste; des réfractaires, poussés au brigandage par la misère, l'ont assailli, dépouillé et attaché à un arbre, tandis que son domestique courait chercher des zaptiés à Ermének. On poursuit activement les malfaiteurs, et la présence d'un bataillon dans la ville a pour objet d'arrêter les actes de brigandage. Le commandant militaire ne laisse que fort peu d'autorité au kaïmacam. Quand nous voulons quitter Ermének, il est impossible de trouver un guide à cheval; les zaptiés courent le pays à la recherche des réfractaires, et les chevaux valides sont réquisitionnés pour le service des troupes. On a reçu la veille l'ordre de diriger deux cents hommes sur Sélefkeh, et on a réquisitionné quarante chevaux; mais, grâce à la défiance des Turcs, qui cachent leurs bêtes de somme et refusent de les déclarer, on est loin d'avoir atteint ce chiffre. Pour empêcher que les propriétaires de chevaux ou de mulets ne les fassent sortir d'Ermének la nuit, toutes les issues des rues du côté de la campagne sont gardées par des soldats. Le kaïmacam s'excuse auprès de nous, avec toutes les formules de la politesse orientale et nous renvoie au commandant militaire; celui-ci nous explique, dans un langage plein de métaphores, qu'il est en détresse, que les chevaux sont rares et qu'il les garde : « Quand j'ai faim, je commence par manger sans m'inquiéter du voisin. » Enfin le kaïmacam s'avise d'un expédient qui conciliera tout; il lève l'embargo sur les chevaux pendant deux heures, juste le temps pour nous de trouver un guide avec sa monture. Le moyen réussit; nous avons bientôt fait prix avec Abdullah, qui exerce le métier de kheradji ou de conducteur de chevaux. Il nous avoue qu'il n'a pas livré à l'autorité militaire une seule de ses bêtes, bien qu'on ait promis de les payer 4 piastres par heure; mais il sait fort bien qu'on lui aurait donné un chiffon de papier, revêtu de timbres et de cachets, et pas un para.

Sélefkeh, 4 juillet.

La vallée de l'Ermének-Sou s'ouvre du nord-ouest au sud-est, jusqu'à la plaine de Sélefkeh, où le fleuve se déploie largement avant de se jeter dans la mer. Dans tout son parcours entre Ermének et Sélefkeh, le fleuve est serré de près par des montagnes abruptes; il coule rapide comme un torrent, et l'on comprend difficilement qu'Ammien Marcellin l'ait donné comme un cours navigable. Aussi la route, ne pouvant côtoyer le fleuve, qui souvent n'a pas de berge, s'enfonce en détours capricieux dans la montagne; elle grimpe entre les lentisques, les chênes-verts, les pins parasols, tantôt encaissée profondément, tantôt s'élevant sur les hauteurs. On a eu quelque préoccupation de la rendre moins pénible; car, à quatre heures d'Ermének, elle traverse une sorte de tunnel fait de main d'homme, qui s'ouvre dans un massif rocheux et permet le passage d'un des replis de la vallée à un autre. Toute cette région abonde en beautés sauvages : c'est la grandeur des sites alpestres, avec un ciel éclatant de lumière. Les seuls êtres vivants qui animent cette solitude sont des chamois qu'on voit bondir sur les corniches des rochers. Quant aux panthères, dont les Romains croyaient la Cilicie peuplée, elles étaient sans doute aussi rares au temps du proconsulat de Cicéron en Asie qu'elles le sont aujourd'hui. Comme Cœlius le presse de lui en envoyer, Cicéron lui répond ironiquement : « Je fais rechercher très activement des panthères par ceux qui leur font la chasse; mais elles sont fort rares; et celles qui restent se plaignent, dit-on, que dans ma province elles soient les seules à être traquées. Aussi l'on prétend qu'elles ont décidé de quitter ma province, et de passer en Carie (1). »

Deux jours de marche conduisent d'Ermének à Mout. Aux environs de cette petite ville, le pays se dénude; c'est une succession de plateaux, au sol aride et crevassé par un soleil dévorant; des vallées pierreuses, peu profondes, coupent cette série de mamelons. Des herbes jaunies, des arbustes rabougris, décolorés par la chaleur, donnent au pays une teinte uniforme, d'un roux très faible dans laquelle se fondent tous les accidents de terrain. Au second plan des collines blanches, d'aspect crayeux; au-dessus, les hauts sommets du Taurus, teintés d'un bleu pâle et velouté, s'harmonisent à merveille avec les valeurs claires des terrains. La lumière éclate de toutes parts. A la longue, la pensée s'assoupit, et grâce au bercement que produit l'allure monotone du cheval, on arrive à une vie de pures sensations, qui laisse seulement le souvenir de formes entrevues, de senteurs aromatiques et d'une clarté intense.

Nous arrivons à Mout avec la nuit. La ville semble

(1) *Epistol. ad familiares,* II-XI, éd. Orelli.

déserte : les chiens n'aboient pas, les portes sont closes. Enfin, près d'un figuier qui abrite une fontaine, au pied du kastro, nous apercevons des masses noires étendues sur les larges dalles naturelles que forme le rocher; ce sont les rares habitants de Mout que la chaleur n'a pas chassés dans la montagne, et qui dorment à la belle étoile, enveloppés dans des couvertures; voilà le seul gîte que Mout puisse offrir dans cette saison. Au reste, par cette clarté laiteuse et transparente des nuits d'Orient, c'est un grand charme de pouvoir contempler à loisir le premier aspect de la petite ville, qui s'offre avec un air de véritable grandeur. A la masse noire des hautes murailles du kastro s'opposent les murailles blanches de la mosquée, le turbé en forme de pyramide de l'émir Karaman-Oglou, et les façades claires des maisons délabrées.

Mout compte à peine deux cents familles. La ville, florissante au temps des Seldjoukides, est tombée au rang d'une bourgade. Tout témoigne d'une décadence profonde; sur trois maisons, deux sont inhabitées et tombent en ruines. Le khan, les bains sont depuis longtemps abandonnés; le kastro, ou château fort, est seul presque intact et élève sur une éminence voisine de la ville ses courtines, et ses tours crénelées. De la ville antique, Claudiopolis, ancienne colonie de l'empereur Claude, il reste quelques traces; les plus importantes sont les débris d'un grand portique, dont le plan est encore fort visible, grâce à des arasements de murs et à des fûts de colonnes restés en place. Des pierres antiques ont servi à construire une fontaine, et quelques débris de l'époque hellénique sont engagés dans la maçonnerie. C'est là, sous l'ombre d'un énorme figuier dont le tronc s'allonge horizontalement comme un serpent, que les habitants de Mout viennent passer les heures chaudes de la journée. Une dizaine de Turcs sont accroupis autour de la vasque; aux moments prescrits, ils font leurs ablutions et leurs prières, puis reprennent leur attitude immobile. Les heures s'écoulent ainsi pour eux dans une sorte de torpeur; leurs yeux vagues regardent dans le vide,

Le Kastro de Mout.

avec une expression d'hébètement. C'est une parfaite image de l'Orient immobile, où rien ne change, où le temps n'a aucune valeur, et où les mots d'activité et d'énergie paraissent n'avoir pas de sens.

La vie semble renaître à mesure qu'on s'approche de Sélefkeh. A quatre heures de la ville, on traverse l'Ερmének-Sou dans un bac, et bientôt on quitte les gorges sauvages du Taurus pour descendre dans la plaine de Sélefkeh. La route s'anime; des cavaliers à fière tournure, des femmes turques chaussées de lourdes bottes jaunes, cheminant à pied derrière les montures de leurs maris, croisent notre caravane; des pins parasols, des arbousiers chargés de fruits, des caroubiers, couvrent les dernières pentes du Taurus, qui s'abaissent graduellement; ces coteaux ont un aspect riant, grâce à la végétation qui les égaie. Des âniers passent, conduisant leurs ânes tout couverts de branches d'arbousiers avec leurs fruits, rappelant ainsi le détail noté par Pierre Belon : « Aussi trouvions-nous de l'arbrisseau d'Andrachne naissant par les cousteaux, dont chacun en cueillit plusieurs rameaux avec le fruit pour porter avec soi, et le manger par chemins, car il estoit meur pour lors. Il pend par trochets, de la grosseur et couleur des framboises, et mol comme un grain d'un arbousier. »

Les maisons nouvelles qui s'élèvent chaque jour à Sélefkeh et le beau pont construit sur l'Ermének-Sou par des ingénieurs grecs ont beaucoup contribué à la disparition des ruines de l'ancienne Séleucie. Il ne reste plus que de faibles traces du théâtre vu par M. Victor Langlois : une dépression du terrain, en forme d'hémicycle, indique seule l'emplacement qu'il occupait. Mais si l'on cherche vainement les débris de la ville gréco-romaine, les ruines byzantines abondent. C'est d'abord l'imposant château fort, construit sur une colline, d'où il domine la ville, et qui apparaît de bien loin au voyageur. Quand Josaphat Barbaro visita « Seleucha, » en 1471 (1), il décrivit avec soin ce château, où était rassemblé un armement considérable; le voyageur vénitien admire les murailles et les tours pleines, les case-

(1) *Viaggifatti da Vinetia, alla Tana, in Persia, in India, et in Costantinopoli, etc.*, par Josaphat Barbaro. *In Vinegia*, 1545; p. 27 du *Viaggio in Persia*.

mates creusées dans le roc et remplies de munitions; surtout l'enceinte extérieure dont les portes de fer, hautes de 15 pieds et larges de 7, sont travaillées « non moins que si elles étaient d'argent. » Les sarcophages de la nécropole byzantine, que le Vénitien signale d'un mot, font aujourd'hui pour l'archéologue le principal intérêt des ruines de Séleucie. Par leur variété, par l'abondance des textes épigraphiques, les sépultures chrétiennes de Sélefkeh offrent un champ d'études très vaste, et qui mérite une exploration attentive. Sur l'un des points de la nécropole, dans la partie la plus rapprochée de la ville moderne, d'humbles sépultures ont été ménagées dans les anciennes carrières et affectent simplement la forme de chambres à trois lits; à mesure qu'on s'avance vers le kastro, on arrive dans un véritable *champ des morts*. Des sarcophages taillés dans le roc vif, des édicules ornés de cartouches portant des inscriptions s'élèvent de toutes parts. Quelquefois au-dessus de l'entrée qui donne accès dans une chambre funéraire, la pierre, naïvement travaillée par des mains inhabiles, offre la représentation d'un corps étendu. C'est déjà l'idée qui sera chère aux « ymagiers » de notre moyen âge français, et aux sculpteurs de la renaissance, lorsque l'image du mort couché et endormi, attendant le réveil suprême, prendra place sur les monumens funéraires.

La ville moderne de Sélefkeh, grâce à sa situation près du littoral, paraît être en voie de progrès. Des maisons s'élèvent, au détriment des ruines antiques, et un beau pont, construit par des ingénieurs grecs de Smyrne, fait communiquer la ville avec la rive gauche du Geuk-Sou. Des Grecs y viennent chercher fortune;

l'un d'eux, qui a combattu sous Karaïskakis pendant la guerre de l'indépendance, nous conte qu'il est à Séleſkeh depuis vingt ans. Son unique regret est d'avoir laissé sa femme en Grèce ; mais il lui écrit toutes les fois qu'il en peut trouver l'occasion. « Et de quand date la dernière lettre ? — De dix ans. »

Mersina, 8 juillet.

De Sélefkeh à Mersina, la côte offre une suite presque ininterrompue de villes ruinées, qui ont été brièvement étudiées par M. Victor Langlois (1) : Kalo-Koracésion, Korykos, Elaeusa-Sébasté, dont les ruines sont éparses sur le littoral et montrent à quel point de prospérité cette côte, aujourd'hui déserte, était arrivée avant la conquête des Seldjoukides. Là, comme dans tout le reste de l'Asie-Mineure, la violence des nouveaux arrivans a fait le vide. A Korykos, il ne reste debout que deux châteaux, l'un sur la terre ferme, l'autre sur un étroit îlot en face de la ville. Ce dernier est bien conservé ; ses murailles blanches et crénelées, ses tours effilées se profilent avec netteté sur l'azur intense de la mer. Une inscription arménienne, gravée au-dessus de la porte principale, rappelle qu'il a été construit par les Thakavors de Cilicie, en 1251, sous le règne d'Héthum Ier. Le reste de la ville est envahi par les hautes herbes, et par une végétation drue et touffue, qui a achevé de faire disparaître les constructions arméniennes ou byzantines ruinées par les Turcs. Çà et là des pans de rochers

(1) *Rapport sur l'exploration archéologique de la Cilicie et de la Petite-Arménie* pendant les années 1852-1853, par M. Victor Langlois. (*Archives des missions scientifiques*, 1854.)

travaillés de main d'homme montrent encore des traces des anciennes demeures; le roc est percé de cavités qui servaient de chambres intérieures, et les maisons s'adossaient à cette muraille naturelle, où s'engageaient les poutres des différens étages et de la toiture. Si la vie publique et active des Grecs byzantins de Korykos a laissé peu de traces, la nécropole est aussi riche en monumens que celle de Séleucie. Le long de la petite vallée qui part du littoral pour regagner les pentes du Taurus, les monumens funéraires s'échelonnent par groupes de quinze ou vingt réunis autour de petites chapelles ou d'églises. Tous ces sarcophages creusés dans le roc, parfois élégamment décorés de guirlandes et de bucrânes, reproduisent dans leurs dispositions générales la forme de petits édicules; le couvercle figure un toit avec ses poutrelles, et les acrotères d'angles; il semble qu'on retrouve là une préoccupation chère aux populations de l'ancienne Asie-Mineure, qui cherchaient à donner aux demeures des morts quelques-uns des caractères propres aux habitations des vivans.

C'est à quelques heures de Korykos, dans la montagne, que tous les voyageurs ont placé l'antre corycien, célèbre par les légendes de la mythologie hellénique. Strabon, Pomponius Méla, en ont laissé de longues descriptions, où les détails précis se retrouvent à côté d'exagérations manifestes. D'après les géographes anciens, la grotte où la tradition plaçait le séjour de Typhon s'ouvre dans le flanc de la montagne qu'elle divise à partir du sommet. Toute tapissée de verdure, elle retentit du bruit des eaux; au fond, les parois se resserrant forment un conduit qui aboutit à une cavité profonde, sanctuaire de divinités mystérieuses, où l'on entend des bruits étranges semblables à des sons de cymbales. Il est probable que cet antre « qui frappe les esprits de terreur au premier aspect, » n'est pas autre que la grotte pleine de stalactites visitée par M. V. Langlois et par P. de Tchihatchef (1), dans le Val des démons (*Cheïtan-lik*). Une église byzantine transformée en mosquée occupe l'entrée de la grotte, qui, au dire de Tchihatchef, n'a rien de comparable à celle d'Antiparos, et à d'autres moins renommées. Que la grotte visitée par les voyageurs français et russe soit ou non l'antre corycien, il est étrange qu'une autre grotte non moins curieuse, s'ouvrant aussi dans la vallée de Cheïtan-lik, ait échappé à leur attention. Lorsqu'on est arrivé sur les crêtes qui bordent la vallée, à l'endroit où elle fait un coude dans la direction de la mer, on aperçoit en face de soi, à une grande hauteur, une série de bas-reliefs sculptés dans le roc, de chaque côté d'une grotte peu profonde. On y accède difficilement, à travers les ronces et les roches éparses qui hérissent le revers de la vallée; à mi-hauteur environ, il semble que le roc ait été taillé pour faciliter cette montée pénible. On arrive enfin à une grotte naturelle, travaillée et arrondie à coups de pic; qui figure une sorte d'hémicycle à plafond très bas. Des gradins taillés à côté d'un autel, des bas-reliefs funéraires qui couvrent le rocher à l'extérieur, montrent clairement qu'il y avait là une sorte de sanctuaire. On s'y rendait comme en pèlerinage, et c'était sans doute une tradition pieuse de consacrer aux morts un bas-relief funèbre sur le rocher de la montagne sainte.

(1) *P. v. Tschihatscheff's Reisen in Kleinasien und Armenien;* Gotha, Justus Perthes, 1867, dans les *Mittheilungen* de Petermann.

Départ de Korykos à la nuit, pour Lamas et Pompéiopolis. Nous dépassons au petit jour l'immense abside ruinée d'une église byzantine, et le soleil levant nous montre ce qui reste de l'antique Élaeusa-Sébasté. La route est littéralement bordée d'édicules, de mausolées et de chapelles : c'est une véritable voie des tombeaux où les monuments se suivent aussi pressés que sur les côtés de la voie Appienne. Mais, au lieu de s'allonger à l'infini, droite et directe, comme dans la campagne de Rome, la route suit les sinuosités du rivage et ondule le long de la mer. Pour n'avoir pas cette grandeur désolée que prête à la voie Appienne la ligne continue de l'horizon, la côte d'Élaeusa, où viennent mourir les pentes bleues du Taurus, n'en offre pas moins un des derniers aspects saisissants du pays montagneux que l'on va bientôt quitter. On laisse en effet sur la gauche des aqueducs ruinés, des canaux pour la distribution des eaux, tantôt rompus, tantôt presque intacts, et l'on entre dans la plaine basse et marécageuse que le Taurus déjà plus éloigné laisse entre ses contreforts et la mer.

Il ne restera presque plus rien, dans quelques années, des belles ruines de Pompéiopolis. Des ouvriers de Mersina sont occupés à débiter les blocs que l'on retire du mur d'enceinte, et on peut prévoir le temps où les entrepreneurs s'attaqueront aux colonnes du portique, connu sous le nom de *dromos,* qui va de la ville à la mer. On voit encore debout une cinquantaine de ces colonnes, couronnées de chapiteaux corinthiens; elles profilent énergiquement leur galbe un peu lourd et leurs chapiteaux massifs sur le fond bleu du Taurus, et dessinent une ligne brisée qui aboutit au port aujourd'hui comblé. Chacune d'elles est décorée à mi-hauteur d'une sorte de console portant une inscription grecque; ce sont les noms des empereurs. Il est probable que la ville de Pompéiopolis, suivant le système de flatterie usité dans toute l'Asie-Mineure, avait consacré un buste à chacun des empereurs romains; la série en était déjà longue quand on construisit le *dromos* et le portique, sans doute au temps de Dioclétien.

Les autres monuments antiques de Pompéiopolis ont servi de carrière pour les constructions nouvelles de Mersina. Cette petite ville doit un peu de vie au voisinage de Tarsous et aux paquebots des Messageries maritimes qui y font escale. Elle se compose à vrai dire d'une unique rue bordée de boutiques d'un côté : c'est le bazar, et plus loin de quelques maisons à l'européenne, surmontées de mâts de pavillon : ce sont les consulats. La rue se prolonge par une route bien entretenue qui va jusqu'à Tarsous. Une compagnie de voitures, *la Cilicienne,* fondée par un Grec, fait le service de Mersina à Tarsous, et transporte commodément les voyageurs dans des breaks qui contrastent avec les lourds arabas traînés par des buffles. Au reste, des champs bien cultivés, plantés de sésame et de cotonniers, une route droite et unie, donnent au pays un aspect presque européen. Bientôt les minarets de Tarsous, émergeant des jardins et des vergers dont la ville est entourée, rappellent qu'on est encore en Orient, et la voiture de *la Cilicienne* entre au bruit des grelots dans la ville qui se glorifiait, à l'époque romaine, d'être « la première, la plus grande, la plus belle, la métropole de la Cilicie. »

Tarsous est presque désert pendant l'été. Le bazar, tout neuf, rebâti en pierres après une incendie récent, est à peu près vide. Il n'est en pleine activité que l'hiver, quand les paysans de la Karamanie viennent y vendre leurs denrées. Au mois de juillet, alors qu'une lourde chaleur pèse sur la ville endormie, les longues avenues du bazar n'offrent que de rares boutiques ouvertes, et c'est à peine si quelques oisifs y viennent traîner leurs babouches d'un air ennuyé. La population se compose en bonne partie de Turkomans, qui, l'été venu, fuient la chaleur dans les yaïlas de la montagne. Il n'y a qu'un Européen à Tarsous, M. P..., médecin italien, qui paraît n'avoir conservé aucune illusion sur les progrès qu'on peut attendre des Turcs; il ne sort le soir qu'armé d'un sabre de cavalerie, précaution nécessaire, nous dit-il, dans ce pays fréquenté par les Yourouks. Il y a quelques mois, des Français venus en Cilicie pour recueillir les loupes des noyers, qui servent à faire des placages, ont été attaqués sur la route de Mersina à Tarsous; des Yourouks les ont assaillis et blessés grièvement. D'après les récits de M. P..., la propreté relative de Tarsous serait due à l'activité et à l'énergie du vali d'Adana, ancien officier, qui a fait ses premières armes en Afrique dans un régiment français. Il a rapporté d'Algérie des allures toutes militaires, qui contrastent avec la nonchalance habituelle des magistrats turcs. Tout un quartier de la ville était malsain, inhabitable, cependant les Turcs se refusaient à réparer leurs masures ruinées, à nettoyer leurs rues encombrées d'immondices. Le vali, après avoir prévenu les habitants, a fait mettre le feu aux bicoques du vieux quartier; elles sont aujourd'hui remplacées par des maisons en pierre, bien alignées, et formant de larges rues où l'on circule à l'aise. La disgrâce du vali n'a pas tardé, après ce coup d'autorité; mais il a déclaré qu'il resterait à son poste jusqu'à ce qu'on lui eût fait connaître le motif de sa révocation ; quant à son successeur, s'il arrivait à Tarsous, il le ferait reconduire au bateau par deux zaptiés. Si le vali d'Adana est un homme d'énergie, le kaïmacam de Tarsous est un Turc de la vieille roche, de ceux dont un orateur anglais disait à la chambre des communes : « Si nous essayons de gouverner la Turquie par les pachas de Constantinople, nos tentatives de réformes nous condamnent à échouer absolument. » Ce magistrat est ivre dès dix heures du matin. Il y a peu de jours, dans un accès d'ivresse, il a donné ordre à ses zaptiés de fusiller le mudir, et peu s'en est fallu que le pauvre homme n'éprouvât les effets de cette brutale colère.

Tarsous était, il y a quelques années encore, une mine de curieux monuments figurés, dont le Louvre possède de riches échantillons. Au sud de Tarsous, s'élève un monticule appelé Gueuslu-Kalah, qui vient aboutir à la porte de Mersina (Kandji-Kapou). Le consul anglais à Tarsous, M. Barker, explora une partie de cette butte, et ses fouilles amenèrent la découverte d'un grand nombre de fragments de terres cuites. En 1853, M. V. Langlois, aidé par le consul de France, M. Mazoillier, exécuta de nouvelles fouilles, à la suite desquelles huit caisses pleines de fragments de terres cuites furent expédiées à Paris. M. Langlois crut avoir découvert une nécropole analogue à celles de l'Étrurie et de la Cyrénaïque. Des travaux plus récents (1) per-

(1) Voir l'article de M. Heuzey dans la *Gazette des beaux-arts : les Fragments de Tarse au musée du Louvre.* (Novembre 1876).

mettent de croire que cette butte, sorte de *Monte-Testaccio,* a été formée par les débris accumulés des poteries et des figurines mal venues à la cuisson, que les potiers de Tarse jetaient au même endroit. Il y a peu de statuettes entières; mais les fragments n'en sont pas moins précieux pour l'étude d'un art local qui avait été poussé fort loin. Tarse, ville lettrée, pénétrée de bonne heure par les influences helléniques, avait ses traditions d'art en même temps qu'elle était célèbre pour sa haute culture littéraire. Les céramiques du Gueuslu-Kalah révèlent un style particulier, moins fin à coup sûr que celui des coroplastes d'Athènes et de la Grèce propre; mais l'école de Tarse a désormais sa place marquée dans une histoire de la plastique hellénique. Au point de vue de l'étude des cultes locaux, et par les renseignements qu'elles fournissent à l'archéologie, ces figurines ont une grande valeur. Les représentations des dieux, où l'on observe une singulière confusion d'attributs, montrent à quel point la religion grecque avait subi dans ces régions l'influence toujours puissante des anciens cultes asiatiques. Le polythéisme grec y revêtait des formes multiples, souvent étranges, où dominait le souvenir des divinités bachiques et solaires adorées par les premières populations indigènes.

Aujourd'hui, les fouilles ne sont plus possibles au Gueuslu-Kalah. Les découvertes faites par les explorateurs français et anglais avaient éveillé l'attention des marchands d'antiquités. Les gens du pays fouillaient le monticule à la dérobée et vendaient à des Grecs de Smyrne le produit de leurs recherches. L'autorité turque s'en est émue, et, sur un ordre supérieur, des baraquements pour les soldats ont été établis au Gueuslu-

Kalah; un bataillon de nizams occupe l'emplacement des fouilles.

Non loin du monticule, dans un jardin planté de figuiers, s'élève un curieux monument qui est resté pour les archéologues une véritable énigme; c'est le Dunuk-Tasch (*la pierre renversée*). Dans son état actuel, il se compose d'une enceinte en forme de parallélogramme, dont les murs épais sont construits en poudingue. A l'intérieur, et à chaque extrémité, deux cubes en maçonnerie se font face. En 1836, le consul de France à Tarsous, M. Gillet, après avoir essayé vainement d'attaquer par la poudre ces deux blocs, fit faire des sondages dans l'enceinte; les fouilles n'amenèrent aucun résultat. En l'absence des données précises, les voyageurs peuvent choisir entre les différentes opinions qui font de ce monument soit le tombeau de Sardanapale, soit un grand mausolée de l'époque grecque (1). Suivant une légende du pays, ce monument serait un témoignage de la vengeance divine. C'était autrefois un palais ou sérail, « situé sur une éminence dominant la ville. Le prince qui habitait ce palais avec sa fille s'étant attiré la colère du grand Prophète, celui-ci pour les punir, lança leur sérail d'un coup de pied à l'endroit où il se trouve aujourd'hui, et où il tomba sens dessus dessous pour ensevelir les deux personnages. »

Un peu en dehors de la ville, un petit fleuve, divisé en deux bras, coule entre des rives verdoyantes, plantées d'arbres fruitiers. Il fait tourner les larges roues des *norias* qui arrosent les jardins voisins, et dont le

(1) Le *Dunuck-Tasck* a été étudié en détail par M. Perrot, *Histoire de l'art dans l'antiquité,* T. IV. p. 536. M. Perrot le rattache à l'architecture primitive des peuples de la Syrie et de l'Asie-Mineure.

grincement se fait entendre de loin, modulant une sorte de cadence rythmée; c'est le Tersous-Tschaï, l'ancien Cydnus. On éprouve une déception en présence de ce large ruisseau, qui répond si peu aux descriptions du Cydnus laissées par les auteurs anciens. Il est hors de doute que le cours du fleuve a changé de direction, et que sa division en plusieurs branches a diminué le volume des eaux. Les géographes anciens montrent le Cydnus traversant la ville, et roulant des eaux impétueuses tandis que « les habitans de Tarse, livrés à une oisiveté voluptueuse, passaient leur vie comme des oiseaux aquatiques, assis sur les rives du Cydnus. » Pierre Belon avait vu le fleuve coulant dans son ancien lit. « Vray est que le long des arées du fleuve Cydnus, qui passe par le milieu de la ville, il y croist des figuiers. » Aujourd'hui le bras qui coule près de la porte de Mersina est fort appauvri, et celui qui alimente les conduits d'irrigation des jardins ne débite qu'un médiocre volume d'eau. L'eau n'est glacée qu'à l'époque de la fonte des neiges. L'amiral Beaufort raconte qu'il s'y baigna impunément au mois de juin avec tout son équipage, sans avoir ressenti les moindres atteintes du mal qui emporta Frédéric Barberousse; et le fleuve n'est aujourd'hui qu'un paisible ruisseau, arrosant les melons d'eau et les arbres fruitiers des jardins que cultivent les Turcs de Tarsous.

Nous passons les dernières heures de cette excursion à Tarsous, terme extrême de notre voyage, chez le drogman de France, Naoum, qui doit sa grande situation dans le pays aussi bien à son intelligence qu'à son titre officiel. C'est un beau vieillard, à figure ouverte, portant avec dignité un riche costume syrien. Il nous apprend que les dernières nouvelles venues de Constantinople sont peu rassurantes. Les chrétiens de Mersina adressent aux consuls des pétitions pour obtenir des puissances européennes l'envoi de navires de guerre dans le port de Mersina. Il y a quelques jours, le sultan Mourad avait adressé aux kaïmacams et aux valis des villes d'Asie une lettre officielle, destinée à être lue aux habitants par les crieurs publics, et contenant un appel pressant à la nation ottomane; elle montrait la foi musulmane menacée de tous côtés par les ennemis de l'islamisme. Une dépêche arrivée à temps a donné contre-ordre et empêché peut-être une explosion de fanatisme qui eût été funeste aux chrétiens.

En faisant la part des exagérations causées par la crainte, on peut se convaincre que les Turcs d'Asie sont arrivés à un haut degré d'exaltation religieuse. Les concessions apparentes faites dans les régions officielles aux exigences de la diplomatie européenne cachent un orgueil musulman peu disposé à s'abaisser, encore intact dans les esprits populaires, et entretenu chaque jour par les prédications du bas clergé. Les finesses des hommes d'état ottomans peuvent à distance causer des illusions; mais l'opinion publique en Turquie trahit souvent son dédain pour des tentatives de réformes qu'elle subit sans les accepter et sans les comprendre. Ces sentiments hautains et cette confiance inaltérable dans l'islamisme reposent d'ailleurs sur une ignorance presque systématique de ce qui se passe en Europe. Un Turc appartenant à la classe aisée nous disait : « Le *roi* d'Angleterre est un bon vassal; au premier appel du sultan, il a envoyé ses vaisseaux à Bésika. » Un journal de Constantinople, le *Vakit*, se faisait l'écho de ces sentiments populaires en disant : « L'Europe, au lieu de tenir compte aux Turcs de cet effort d'initiation à ses habitudes, continue à les regarder comme des barbares. Nous le redeviendrons, nous dépouillerons le vieil homme, et l'on verra en nous les enfants de l'Islam. Nous prendrons les armes tous, l'enfant de treize ans comme le vieillard de soixante-dix ans. Et comme nous avons fait face à tous il y a cinq siècles, ainsi ferons-nous encore. »

Quel que soit l'avenir réservé à l'empire ottoman, l'esprit de la vieille Turquie vivra longtemps encore dans les régions lointaines de l'Asie-Mineure. Le voyageur français Paul Lucas, qui visita la Turquie d'Asie au XVIIe siècle, raconte la légende de la grotte des *sept dormants*, qu'il vit près de Tarsous. Chrétiens et musulmans viennent en pèlerinage à cette grotte, où sept frères restèrent endormis pendant de longues années. En quittant Tarsous et Mersina et en voyant du pont du bateau disparaître la côte cilicienne et la silhouette bleue du Taurus, on songe que les habitants de ces belles contrées sont, eux aussi, endormis dans leur passé aussi profondément que les sept frères de la légende.

www.ingramcontent.com/pod-product-compliance
Ingram Content Group UK Ltd.
Pitfield, Milton Keynes, MK11 3LW, UK
UKHW021106260726
13994UKWH00002B/747

9 782329 104447